후아유

조진행 판타지 장편소설

FANTASY STORY & ADVENTURE

1

dream books
드림북스

후아유(Who are you) 1
블루 태블릿(Blue Tablet)

초판 1쇄 인쇄 / 2010년 11월 10일
초판 1쇄 발행 / 2010년 11월 20일

지은이 / 조진행

발행인 / 오영배
편집장 / 허경란
편집 / 신동철, 문보람, 오미정
본문 디자인 / 신경선
펴낸 곳 / (주)삼양출판사 · 드림북스

주소 / 서울특별시 강북구 송천동 322-10호
대표 전화 / 02-980-2112 팩스 / 02-983-0660
편집부 전화 / 02-980-2116 팩스 / 02-983-8201
블로그 / blog.naver.com/dreambookss

등록번호 / 제9-00046호
등록일자 / 1999년 3월 11일

값 9,000원

ISBN 978-89-542-4104-5 04810
ISBN 978-89-542-4103-8 (세트)

* 지은이와 협의하에 인지는 생략합니다.
* 잘못된 책은 구입한 곳에서 바꾸어 드립니다.

후아유
1
조진행 판타지 장편
FANTASY STORY
블루 태블릿(Blue Tablet)
dream books
드림북스

후아유

❶ 블루 태블릿(Blue Tablet)

Contents

작가서문

소년 시절에는 2010년쯤이면 달에 유인 기지가 세워져 있을 거라고 믿었습니다만 아직도 미지의 영역으로 남아 있군요. 그런 의미에서 현재의 우리가 꿈꾸는 미래 세상이 예상하던 그대로 이루어져 있지는 않을 거라고 막연하게 생각해 봅니다.

어쩌면 미래의 제가 돌아보는 과거 속의 저도 그럴지 모릅니다.

무슨 소리냐고요?

누군가에게 보이기 위해서 글을 쓰기 시작한 지 20년이 돼가는 것 같습니다. 그중 전업 작가로 무려 10년이나 글을 썼고요. 다른 사람에게 내 속의 뭔가를 보여 준다는 것이 꺼려져서 일기나 시조차도 활활 태워 버리던 사람이, 이제는 남에게 보여 주기 위한 목적으로 글을 쓰고 있으니, 미래의 저에게 오늘은 또 얼마나 낯설겠습니까?

각설하고, 제 신작 자칭 SF · 감성 · 환타지 소설은 전적으로 저의 세계관입니다.

저는 한편으로 과학의 신봉자이지만, 과학이 말하는 지구의 역사를 믿지 않습니다. 그건 마치 인간이 신에 대해 추론하려고 하는 것과 같다고 생각하기 때문입니다. 고고학도 좋아했지만 시간의 역사를 알려고 한다는 것의 무상함에 포기했습니다.

호기심으로 충만하던 고등학교 1학년 시절에 흔히 말하는 UFO를 목격한 적이 있습니다. 대낮에, 동네 한복판에서, 적어도 2킬로미터 이상 높이의 하늘에 둥둥 떠 있는 은색의 막대기를 보았으니 그게 UFO가 아니면 뭐겠습니까? UFO를 보면 놀라서 심장이 멈출 줄 알았는데 그때는 '신기하다'라고만 생각했습니다. 물론 현실에서 작은 변화는 있었습니다. 싸구려 천체망원경을 구입해서 밤하늘을 관측하곤 했으니까요.

소설 속의 카론은 소년 시절에 꿈꾸었던 영웅담의 주인공입니다.

강유진은 빡빡한 21세기를 살아가고 있는 소외된 우리 이웃 중 하나이고요.

원숭이가 그림을 그리고, 심해에서는 고래가 노래도 부르더군요. 그 작은 개미조차 복잡한 사회를 구성하며 살아간다죠?

잡학으로는 진위(眞僞)를, 과학으로는 진실(眞實)을, 신학으로는 진리(眞理)를 탐색하기 좋더군요. 네, 그저 좋을 뿐입니다. 답은 언제나 저 너머에 오롯이 서 있었으니까요. 인간의 손길이 미치지 않는 아주 먼 곳에 말입니다.

저의 신작 소설은 언제나 그 너머를 지향(志向)하고 있습니다.

새로 태어난 딸아이 은별이와 더 관심 받고 싶어 하는 성민이, 그리고 항상 최고의 독자로 살고 싶어 하는 집사람과 아들의 소설을 평생의 자랑으로 아는 어머니, 또 멀리서 늘 걱정해 주시는 장인 장모님, 항상 격려와 응원을 아끼지 않는 '일필휘지'의 작가들과 꼼꼼히 작업해 주신 드림북스 편집팀에 감사의 인사를 드립니다. 여러분은 저에게 큰 기쁨이자, 평생 집필에의 동인(動因)입니다.

2010년 입추(立秋)에

빈들 조진행

프롤로그

마지막 꿈은 늘 같았다.

수화기 너머에서 여자가 말한다.

"미안해요. 그만 쿨(cool)하게 봐줘요."

여자의 음성에서 풋풋한 생기가 느껴진다.

"애는…… 어떻게 하고……."

그에 비해 음울한 남자의 음성은 퍽퍽하다 못해 갈라져 있기까지 하다.

"걱정하지 마세요. 하연이도 그이를 잘 따라요."

"얼마나 잘 따르길래…… 나는 벌써 잊었대?"

"이 년이 지났잖아요."

"하지만 작년에 봤잖아……."

"그이는 매일 보니까 비교할 수 없겠죠. 자꾸 생각해 봐야 당신만 힘들어져요."

"하연이 바꿔줘 봐."

"애들처럼 왜 그래요? 어른이면 어른답게 행동해요, 우리."

"……그런 게 어른다운 행동인 거니?"

"그래서 미안하다고 했잖아요."

"미안하다는 말로 간단히 정리가 돼?"

"자꾸 그러면 당신만 추해져요."

"내가, 내가 추한 건가……."

여자는 대답 대신 보채기만 했다.

"서류는 보내줄 건가요?"

되돌릴 수 없다는 걸 알게 된 남자가 중얼거린다.

"……보내주지."

"고마워요. 행복하세요."

딸깍.

상대의 수화기 내려놓는 소리에 가슴이 무너져 내렸다.

순간 발밑의 땅이 꺼지며 블랙홀 같은 어둠 속으로 빨려 들어간다.

남자는 질식할 것 같은 고통 속에 꺽꺽거리다가 겨우 눈을 떴다. 쟁반만 한 원룸의 천장이 보인다. 행복하라는 마지막 말이 귓가에 쟁쟁 맴돈다.

아아! 악몽보다 더 힘겨운 현실이라니…….

※ 본 소설은 픽션(fiction)으로 작품에 등장하는 지명과 단체는 사실이 아닙니다.

제1화

신화의 끝

"강 차장님, 오늘 송별회 말인데요……."

"……."

창밖을 내다보던 강유진이 힐끔 고개를 돌렸다.

강 차장과 눈이 마주치자 신은서는 슬그머니 시선을 내리 깔았다.

"내일 감사를 준비하려면…… 취소하는 게 좋겠다고 하네요."

순간 신은서의 얼굴이 가볍게 달아올랐다. 그렇지 않아도 힘든 강 차장에게 모진 소리를 하고 있다는 자책감에서다. 물론 직원들의 의사와 관계없이 취소하라고 지시를 내린 사람은 강 차장의 후임자인 최 과장이다. 하지만 이 자리에서 할 이야기는 아니었다.

강유진이 피식 웃으며 고개를 끄덕였다.

신은서의 얼굴을 보아하니 따로 지시가 있었던 모양이다.

“하하, 신 과장, 난 괜찮아. 그렇지 않아도 감사 준비로 바쁠 것 같더라고.”

‘차장님, 그냥 계시면 안 돼요?’

하지만 그 말은 입안에서만 뱅뱅 맴돌았다. 지난 6개월 동안 강유진이 어떤 생활을 했는지 누구보다 잘 알기 때문이다.

사실 애써 지난 일을 떠올릴 필요도 없다. 누구라도 눈앞의 강 차장을 보면 만류할 생각이 쏙 들어가리라. 언제 세탁을 했는지도 모를 정도로 잔구김이 많은 양복과 자꾸 눈에 거슬리는 와이셔츠 목둘레의 묵은 때…… 노숙자라고 해도 믿을 정도로 초췌한 모습이었다.

‘에효! 역시, 결혼은 인생의 무덤이야…….’

평범하던 강 차장의 인생이 꼬인 것은 어린 딸을 미국으로 유학 보낸 뒤부터다. 사내(社內) 소문에 따르면 강 차장의 부인은 지나칠 정도로 한국의 교육제도를 믿지 않았다. 그래서 취학연령대의 어린 딸을 데리고 미국으로 건너갔다. 그때부터 강 차장은 ―젊은 나이에― 외로운 기러기 아빠의 대열에 합류하게 되었다.

하지만 강 차장의 기러기 아빠 생활은 그리 오래가지 않았다. 미국으로 떠난 지 2년 만에 부인이 이혼서류를 우편으로 보낸 것이다. 부인과 딸의 뒷바라지를 위해 집을 팔고 오피스텔에서 생활하던 강 차장에게는 마른하늘의 날벼락 같은 일이었으리라.

혼자 살면서도 2년간 자기관리를 잘해 오던 강 차장이 추레하게 변하기까지 걸린 기간은 6개월이다. 회사에 나와서도 강 차장은 하루 종일 멍한 표정으로 앉아 있었다. 마치 회사에는 껍데기만 남아 있고 정신은 다른 곳에 있는 사람 같았다.

"그럼, 고향으로 가시는 건가요? 아니면?"

신은서의 물음에 강유진이 고개를 끄덕였다.

"응, 남의 땅이지만 그래도 집이 남아 있거든."

"울산이라고 하셨나요?"

"그래, 울산."

"차장님, 저녁에 저랑 한 잔 해요."

머뭇거리던 신은서가 용기를 냈다. 상사로 모시던 강유진에 대한 감사를 그렇게라도 표현하고 싶었는지도 모른다.

"응? 뭐라고 했지?"

잠시 고향 생각을 하던 강유진이 되물었다.

"가시기 전에 한 잔 하자고요."

"하하, 그 사람 괜찮다니까."

"왜요? 선약 있으세요?"

"……."

강유진이 애매한 표정으로 신은서를 바라보았다. 떨어지는 낙엽 신세인데 선약 같은 게 있을 리가 없지 않은가? 지금 강유진이 망설이는 것은 '전도가 양양한 신은서를 야근 중에 술자리로 불러내도 되는가?' 에 대한 걱정 때문이다.

그렇게 강유진이 신은서의 입장을 고려해 주저하고 있을 때다.

"신 과장, 오늘 야근은 신 과장이 없으면 안 되는 거 알잖아. 공(公)과 사(私)는 구별하는 게 좋을 거 같은데. 그렇지 않습니까? 선배님?"

한 사내가 신은서의 뒤에서 불쑥 나타났다.

순간 강유진의 얼굴이 가볍게 굳었다. 자신의 후임자인 최 과장이 대뜸 '선배님' 이라고 불러 당황한 것이다. 최일환과 자신은 중고등학교는 물론 대학까지 다르다. 회사에서 알게 됐고, 지금까지 단 한 번도 선후배로 서로를 대한 적이 없었다.

돌발적인 최 과장의 언행(言行)에 신은서도 놀랐다. 오전까지 깍듯하게 '차장님' 이라고 부르던 사람이 오후에 '선배님' 이란다.

게다가 살짝 곁눈질해서 본 최일환의 얼굴에 깃든 것은 애석함 따위가 아니다. 최일환은 마치 세렝게티 평원의 아프리카 사자가 연약한 임펠라(Impala) 영양(羚羊)의 앞에 선 듯 강유진을 내려다보고 있었다.

묘한 정적이 흘렀다.

…….

"하하, 최 과장은 역시 맺고 끊는 게 분명해. 동기들 중에 가장 승진이 빠르지? 최연소 임원이 될지도 모르겠어."

강유진은 최일환의 도발에 놀랐지만 끝내 후배라고 불러주지 않았다. 어쩌면 그게 마지막으로 남은 강유진의 자존심인지도 몰랐다.

하지만 최일환의 관심은 퇴물 강유진에게 오래 머물지 않았다.

“선배님, 그런 말씀 마십쇼. 저보다는 신 과장이 더 빠릅니다. 제가 신 과장 나이 때는 겨우 대리였다고요. 신 과장의 입사동기들은 아직도 대리로 있지 않습니까? 장강의 앞 물결이 뒷 물결에 밀려간다고(長江後浪推前浪)…… 요즘은 저도 밀려나지 않기 위해서 애쓰는 중입니다. 능력이 없으면 알아서 물러나줘야 하는 시대니까요.”

강유진은 묵묵히 고개를 끄덕였다.

능력 어쩌고 한 부분은 자신을 두고 한 소리 같아 은근히 기분이 나빴지만 반박의 여지가 없다.

눈앞의 신은서는 확실히 뛰어난 재원이었다. 일단 겉으로 드러난 것만 봐도 그렇다. 그녀는 사람들의 눈길을 끌 정도의 미녀다. 거기에다가 대학과 대학원 과정을 겨우 5년 만에 마칠 정도의 재능과 열정을 가지고 있기도 했다.

“그래서 말인데 선배님, 송별회가 취소됐다고 너무 섭섭해하지 마십쇼. 계획이 없으시다면, 아쉬운 대로 제가 잠깐 짬을 내서 술 상대를 해드릴 수는 있습니다.”

최일환의 눈은 웃고 있었다.

강유진이 급히 손사래를 쳤다.

‘나와 술을 마시고 싶지 않다면 계획이 없어도 있다고 말하라’

고 강요하는 그런 웃음 앞에서 무슨 술을 마신단 말인가?

"어이쿠! 됐네, 됐어. 나도 서울을 떠나기 전에 만날 사람이 한 둘인 줄 아나?"

"하하! 역시! 그럴 줄 알았습니다. 그런데 노파심에서 드리는 말씀인데, 마지막이라고 거래처 사장들 불러서 접대 받을 생각은, 하지도 마십쇼. 선배님이 감사 전날에 그런 짓 하면 남아 있는 우리만 피박을 쓰게 되니까요."

"쓸데없는 걱정 그만하고 가서 일이나 봐."

강유진은 더 참지 못하고 손을 휘휘 내저었다.

"그럼, 선배님, 혹시 몰라서 미리 인사드리겠습니다. 그동안 수고하셨습니다. 그리고 신 과장, 내가 말한 자료들 바로 정리해줘. 죽은 사람보다 살아남은 사람이 더 힘든 법이야. 찝찝해도 참아. 오늘은 감상에 젖어 있을 틈이 없어. 알겠지? 파이팅 하자고!"

최일환은 마지막까지 강유진의 속을 한 번 더 긁고 갔다.

최일환의 독설에 신은서는 고개를 설레설레 저었다.

하지만 최일환의 말에도 일리는 있다. 최소한 오늘만큼은 낙향하는 강유진보다 야근을 해야 하는 자신들이 더 힘들 것이다. 부장님까지 과로로 쓰러져 병원에 입원을 하고 있는 지금, 부서 책임자인 강 차장도 없이 감사를 준비해야 하니까 말이다.

우두커니 서 있던 신은서는 꾸벅 인사를 하고 자기 자리로 돌아갔다.

다시 혼자 남겨진 강유진은 의자를 창 쪽으로 돌렸다.

고작 몇 분에 불과한 시간이었는데 몇 시간이 지난 것 같은 피로가 몰려왔다.

회색빛 건물들이 답답하게 시야를 가렸다.

강유진은 뒤로 비스듬히 기대 하늘을 올려다보았다.

멀리 흘러가는 구름이 보인다.

구름은 비행기의 모습을 하다가, 이내 하나뿐인 딸의 얼굴로 변해갔다.

하지만 1년 전에 미국에서 봤던 딸의 얼굴은 이내 흐릿해졌다.

깜짝 놀란 강유진은 급히 의자를 돌렸다.

그리고 책상 위의 작은 사진틀을 움켜잡았다.

작년 여름에 미국에서 찍은 가족사진이 유리판 아래에서 반짝였다. 사진 속의 세 사람은 환하게 웃고 있었다.

가만히 딸의 얼굴을 쓰다듬던 강유진이 인상을 찡그렸다.

사진 속의 자신이 참 바보처럼 보였던 것이다. 카메라의 플래쉬 불빛에 놀랐던지 혼자서만 눈이 게슴츠레했다.

'못난 놈…….'

가만 생각해 보면 이런 사진이 많다. 어릴 때부터 유난히 카메라를 의식했고, 그러다 보니 더 어색한 모습만 찍혔다.

그건 삼십이 넘은 지금도 마찬가지. 직원들과 함께한 회식자리의 사진은 거의 대부분 어색했다. 오죽하면 '강 차장님 굴욕사진'

이라는 제목의 이메일까지 돌았을까.

강유진은 조심스럽게 서랍을 열었다. 이미 사표를 내던 날 개인 짐은 뺐지만, 혹시 몰라서 다시 한 번 살펴볼 생각이다.

하지만 먼지 하나 없이 깨끗했다.

강유진은 사진틀을 집어 안주머니에 넣었다.

이미 깨져버린 가정이지만 품 안에 넣으니 느낌이 또 달랐다.

강유진은 손끝으로 책상을 톡톡 건드려 보다가 이를 악물었다.

'그만, 가자.'

최일환과의 대화 뒤로 자리를 지키고 있는 게 우습게 느껴졌다.

송별회를 준비했다는 말에 혹해서 나온 것부터가 잘못인지도 모른다. 이 빌어먹을 회사에 무슨 미련이 남았다고 떠나지 못해 이런단 말인가?

강유진이 조용히 일어섰다.

순간 직원들의 움직임이 바빠졌다. 잡담이 끊어지고, 그 대신 키보드 두드리는 소리가 커져갔다.

김은미〉 차장님 외출하려나?

박철영〉 설마 지금 가는 건 아니겠지?

김은미〉 아 놔, 진짜 불쌍하다. 최 과장 좀 심한 거 아냐?

박철영〉 최 과장이랑 좀 악연이었잖아.

김은미〉 무슨 악연? 승진 때매?

박철영〉 ㅇㅇ

김은미〉 강 차장님 호봉이 있는데 먼저 승진한 게 당연하지. 그게 왜 악연이냐?

박철영〉 헐! 최 과장이 언제 나이나 연차로 승진했냐?

김은미〉 그런가…….

박철영〉 최 과장이 물먹은 건 그때가 첨이라던데.

김은미〉 하긴, 상무 아들이라니까 그랬을지도 모르겠다. 근데.

박철영〉 근데 모?

김은미〉 이건 여자의 직감인데.

박철영〉 야, 너 또 최 과장이 신 과장 때매 더 그랬다고 말하려는 거지?

김은미〉 오모! 오모! 너도 그렇게 생각했어?

박철영〉 신 과장이 총 맞았냐? 유부남 좋아하게?

김은미〉 그건 니가 몰라서 그래. 전에 신 과장이 나랑 술 먹을 때 강 차장님 이혼한 얘기만 한 시간 넘게 했다니까.

박철영〉 오나전 미치겠네. 나도 강 차장님 이혼한 얘기 두 시간 넘게 하고 다녔어. 나 호모?

박철영〉 오타 완전.

김은미〉 넌 여자의 맴을 몰러.

박철영〉 OTL…….

"박 대리."

최 과장의 갑작스러운 호출에 박철영이 벌떡 일어섰다. 물론 대답과 동시에 메신저를 닫는 것도 잊지 않았다.

"예?"

"고생들 하는 것 같아서 오늘 저녁 내가 쏠 생각인데, 장소 섭외해 봐."

"예? 저녁을요?"

박철영이 저도 모르게 주변을 살폈다. 언제 나갔는지 강 차장은 보이지 않았다.

그제야 죄지은 것처럼 벌렁거리던 가슴이 가라앉았다. 그나저나 송별회도 취소하고 야근을 해야 할 판에 웬 저녁예약이란 말인가?

"아, 그 사람 어리버리하기는. 야근을 하더라도 저녁은 먹어야 할 것 아냐? 어차피 먹을 저녁 내가 사준다고. 차장 취임 기념으로 쏜다고 생각해. 회식이라도 해야 하겠지만, 알다시피 사정이 그렇지 못하니까. 알겠지?"

"예, 그렇게 하겠습니다."

"다른 사람들도 들었겠지? 어차피 따로 저녁 약속 잡을 정도로 시간이 넘치는 거 아니니까, 다들 함께 식사나 하자고."

"예."

"네……."

최일환이 만족한 듯 고개를 끄덕였다.

신임 차장이 쏘겠다는데 혼자 빠지겠다고 할 만큼 정신 나간 사람은 없는 게 당연한지도 모른다.

강유진이 조심스럽게 문을 닫았다. 방금 최일환의 말을 들었지만 섭섭하다는 생각은 들지 않았다. 과거에도 최일환은 자신에게 깍듯했지만 정이 느껴지지 않았다. 그런 것들이 쌓여서 이렇게 무덤덤한지도 모른다. 이것도 일종의 백신효과일까?

'더러운 백신이로군.'

그래도 불쾌한 기분을 완전히 떨칠 수는 없었다.

대성그룹 본사의 회전문을 밀고 나가는 순간 강유진은 가슴이 콱 막혔다.

지난 7년 동안 몸 바쳐 충성했던 회사다. 하지만 본의 아니게 떠나는 이 순간 혼자였다. 이력서를 들고 처음 방문하던 날처럼, 자신의 곁에는 아무도 없었다.

처음에 다녔던 중소기업은 부도가 났다. 그 뒤 1년의 백수 생활 끝에 다시 입사(入社)를 한 곳이 대성그룹이다. 대성그룹에서 처음 제대로 된 연애를 하고, 결혼을 하고, 딸을 키웠다. 그 고마움으로 -인생의 분수령이 되었던- 대성그룹의 임원이 되는 것을 삶의 최종 목표로 삼았다.

그런데 하늘은 베풀었던 것을 한순간에 가져가 버렸다. 일방적인 이혼 통보, 엄마와 살게 해달라는 딸의 애원에 양육권까지 넘기고, 이제 다시 백수가 된 것이다. 온가족이 살던 아파트를 팔고도 부족해서 퇴직금까지 담보로 대출을 받아 구입했던 미국의 부동산은, 양육비를 이유로 전처가 가져갔다. 그러다 보니 수중에 남은 돈이라고는 마지막 월급 350만 원과 오피스텔 보증금 1,000만 원이 전부였다.

정처 없이 걷다보니 어느덧 청계천이다.

청계천은 언제고 가족들과 함께 놀러 와야겠다고 벼르던 곳 중의 하나다. 그때만 해도 가족과 함께 놀러 갈 시간을 만들기가 어려웠다.

하지만 지금은 시간이 남는데 가족이 없다.

강유진은 천천히 계단을 내려갔다.

스쳐가는 사람들마다 아래위를 힐끔거리는 느낌이 든다. 꼬질꼬질한 양복을 입고 산책하니 이상해 보이는 모양이다. 그러고 보니 이 시간에는 양복을 입은 사람도 드물었다. 회사에서도 그렇지만 여기서도 자신은 어울리지 않는 사람인가 보다.

세상에 자신의 자리란 것이 있기나 한 것일까?

없다면 만들 수는 있을까?

다시금 자신의 우스꽝스러운 현실을 돌아보게 된다. 나이 34세에 전 재산 1,350만 원의 이혼남. 그것도 어느 날 갑자기 가족에게 버림받은 무능력한 남자다.

'하아! 천삼백오십만 원이라…….'

그 돈으로 34세의 남자가 대한민국의 서울에서 할 수 있는 일이 있을까? 아니, 오피스텔의 보증금을 빼면 당장 지낼 곳이 없으니 350만 원이 쓸 수 있는 돈의 전부였다.

결국 사업은 꿈도 꿀 수 없으니 어딘가 일할 자리를 알아봐야 할 것이다. 하지만 다시 일을 한다는 것은 웃긴 소리다. 다시 일할 것이었다면 대성그룹에서 퇴사(退社)하지도 않았을 것이다.

"후후……."

강유진의 입에서 메마른 웃음이 흘러나왔다.

당장 수중의 돈이 떨어지면 살아갈 길이 막막한데 마음은 편했다. 어차피 하고 싶은 일도 없고, 바라는 것도 없었다.

문득 지난 인생을 돌아보니 연락할 친구도 하나 없다. 대성그룹의 임원이 되기 위해 청춘을 불사른 대가였다.

"푸하하핫!"

갑자기 강유진은 미친놈처럼 웃기 시작했다.

가족을 위한답시고 인생을 다 바쳤는데, 그 가족이 다 떠나갔다.

회사에 충성을 다했지만, 결국 맨손으로 퇴사했다.

억울하고 답답해도, 누구 하나 붙잡고 대화할 사람이 없다.

이 얼마나 한심한 인생이란 말인가?

강유진은 배까지 움켜쥐었다.

가만히 서 있기 힘들 정도로 웃음이 나왔다.

시간이 지나자 웃음소리는 '끄윽끄윽' 하는 신음으로 바뀌었다.

"엄마, 저 아저씨 봐."

"쉿, 그냥 가."

뒤에서 소곤거리는 소리가 들려오자 강유진은 허리를 폈다.

그래도 어느 정도 진정이 된 모양이다. 더 모질게 비웃고 싶은데, 슬프게도 더 이상 웃음이 나오지 않았다.

"엄마, 엄마, 저 아저씨 홈리스(homeless)지? 맞아? 틀려?"

"조용히 하라니까. 그런 말은 어디서 배웠어?"

"윤 선생님."

앳된 음성에 강유진의 고개가 절로 돌아갔다.

딸의 또래로 보이는 계집아이가 엄마 손을 꼭 잡고 있었다.

눈이 마주치자 여자가 아이의 손을 거칠게 끌고 가며 야단쳤다.

"너 말조심하랬지! 모르는 사람한테 그런 소리 하면 혼나! 세상 무서운 줄을 모르고……."

아이는 찍소리도 못하고 엄마에게 질질 끌려갔다.

강유진의 손이 앞으로 뻗어 나가는 듯하다가 이내 움츠러들었다. 가족에게도 비림받은 몸이리고 생각하니 자신이 없었다.

한참을 멍하니 서 있던 강유진이 들릴 듯 말 듯한 소리로 중얼거렸다.

"꼬마야, 나 홈리스 아니다."

맥없이 고개를 떨구는데 침과 콧물과 눈물로 엉망이 된 바닥이 눈에 들어온다.

뒤늦게 수치심이 밀려왔다.

강유진은 빠른 걸음으로 물줄기를 따라 걸어갔다.

그리고 발이 무거워져 걷는 게 귀찮아질 즈음에야 눈앞에 보이는 계단을 따라 세상으로 나왔다.

휴대전화의 시계는 오후 4시를 가리키고 있었다.

"4시라……."

문득 미확인 메시지 표시가 보여서 확인하니 신 과장이 보낸 문자다. 감정을 못 이겨 꺽꺽거리는 동안 문자를 보냈던 모양이다.

[퇴근하신 건가요?]

강유진의 얼굴에 씁쓰름한 미소가 떠올랐다.

사표를 내고 퇴사한 사람에게 퇴근이라니, 왠지 웃음이 났다. 적당한 단어가 떠오르지 않아 그렇게 쓴 모양인데, 천재답지 않은 미숙함이다.

회신 버튼을 누르고 손에 익지 않은 문자를 찍어 나갔다.

[짐 정리 중. 고맙다. 수고해라.]

문자를 전송하고 택시 승강장으로 걸어갔다.

열 걸음쯤 걸었을까? 휴대전화에 진동이 왔다.

[네.]

강유진은 휴대전화를 만지작거렸다. '네'라는 문자에 뭐라고 답을 해줘야 하나?

망설임은 잠깐, 강유진은 휴대전화를 바지 주머니에 찔러 넣었다.

기본적으로 인간은 믿을 수가 없다. 인간의 감정은 더더욱 그렇다. 행복하게 살다가 한날한시에 죽자던 처는 이유 없이 이혼을 요구했고, 눈에 넣어도 아프지 않을 만큼 아끼던 딸은 배신한 엄마를 선택했다. 신은서도 두세 시간 후면 새로운 상사인 최 과장과 함께 회식을 하게 될 것이다. 그런 게 인생인 거다.

오피스텔의 방에 도착한 건 저녁 5시 무렵이다.

강유진은 원룸에 들어서자마자 냉장고를 열어 맥주를 마셨다. 갈증 때문이라기보다는 최 과장의 이죽거리던 얼굴을 빨리 잊기 위해서다. 연거푸 세 개의 캔을 비웠지만 정신은 오히려 더 말똥말똥해졌다.

"신 과장, 오늘 야근은 신 과장이 없으면 안 되는 거 알잖아. 공과 사는 구별하는 게 좋을 거 같은데. 그렇지 않습니까? 선배님?"

"야! 이 개XX야! 네가 왜 내 후배냐? 나한테는 너 같은 후배XX 없어. 이 씨발 놈아! 내 후배들이 누군지나 알아?"

아까도 이렇게 말했어야 한다. 하지만 뻔뻔스러운 최일환에게 그 말을 하지 못했다. 후배들의 인생을 다 망쳐놓고 혼자 출세한 게 미안해서, 차마 입을 뗄 수 없었다.

"씨발……."

꿈엔들 잊을까! 98년 3월의 밤. 가슴 뿌듯하게 치밀어 오르는 감격 이상의 충만함. 하지만 그 선각자적인 운동의 대가는 참혹했다.

거의 매일 어울려 다니던 김태영, 문용호, 원찬명 그리고 정유미……. 운동권에서조차 '갑자기 튀어나와 예측할 수 없게 활동한다' 는 의미에서 우리 다섯을 테러리스트라고 불렀다. 하지만 다섯의 끈끈함을 아는 사람들은 독수리 오형제라고 했다.

애석하게도 한국의 독수리 오형제는 일본의 독수리 오형제와 끝이 달랐다.

고문의 후유증으로 김태영은 불구자가 되고 문용호는 미쳤다. 원찬명은 제적과 동시에 야인(野人)이 되어 세상을 등졌다.

그리고 끝없이 타오를 것만 같던 그 자랑스러운 구국신념의 밤에, 자신은 변절했다.

맹세코 그런 결말은 꿈조차 꾸어 본 적이 없다. 하지만 유영재 열사의 2주기 기념식 후 벌어졌던 한밤의 가두시위가 자신을 변절자로 만들어 버렸다. 그것은 예고 없이 찾아오는 첫사랑처럼 피할 수 없는 운명인지도 모른다.

강유진은 12년 전의 그날처럼 벽에 기대었다.

까마득히 잊고 살았던 순간이 어제 일처럼 또렷해졌다.

달빛조차 곱던 3월의 밤에 있었던 일이다.

최루가루에 절여진 채 돌아와 이리저리 흩어져 쉬고 있을 때,

일명 백골단이라 불리던 전투경찰의 전격투입 예고시각을 한 시간 앞두고 있을 때,

그래도 대책은커녕 손가락 하나 까딱일 힘이 없어서 겨우 숨만 헐떡이고 있을 때,

어디선가 가녀린 음성이 들려왔다.

"생존권 보장…… 재벌 해체…… 양심수 석방……."

눈이 시리도록 빛을 발하는 그녀는 정유미였다.

그녀는 잿빛의 시멘트벽에 기대어 혼잣말처럼 구호를 속삭이고 있었다.

그녀의 감겨진 눈에서 흐르는 것은 눈물이 아니라, 잘게 부서진 그녀의 영혼…….

그날 처음으로 한 인간의 영혼이 내는 소리를 들었다.

그리고 그 찬란한 울림 속에서, 깨닫고 말았다.

자신의 학생운동은 열병처럼 앓고 지나갈 낭만에 불과했다는 사실을 말이다.

자신에게는 정유미만큼의 간절함이나 절박함이 결여되어 있었다.

몰랐다면 모를까 알게 된 이상 함께할 수는 없다.

최후의 양심선언은 변절로 이어졌고,

스페셜리스트의 신화는 끝이 났다.

"아하하……."

죽음조차도 낭만으로 생각하던 질풍노도(疾風怒濤)의 열정이라니…….

그날 이후로 정유미와는 다시 만난 적이 없다.

정유미는 그 새벽에 흘린 자신의 눈물이 한 사람을 변화시켰다는 사실을 알까?

아마 모를 것이다. 모르는 편이 낫다. 누구도 자신의 선택을 이해하지 못할 것이다. 가족에게도 이해받지 못한 인생이 아니던가.

취기를 이기지 못한 강유진은 모로 누워 잠들었다.

*　*　*

강유진은 다음날 오후 늦게 눈을 떴지만 그의 말처럼 울산으로 가지는 않았다. 사실 강유진에게 울산은 고향이라고 하기에도 애매한 곳이었다. 비록 그곳에서 태어나기는 했지만, 세 살 무렵 온 가족이 서울로 이사를 했기 때문이다.

오피스텔에 틀어박힌 강유진은 하루 종일 TV를 시청하거나, 인터넷으로 드라마와 영화를 다운받아 보았다. 마치 문 밖의 세상이 좀비천국이라도 되는 듯 단 한 발자국도 나가지 않았다. 식사는 중국집이나 분식집에서 시켜 먹었다.

그렇게 의미 없는 시간이 지나갔다.

강철문 앞 신발장에 세금고지서가 쌓여갔다. 각종 우편물이 한 뼘 높이까지 쌓일 즈음, 휴대전화가 요금 체납으로 정지됐다.

그리고 어느 날 오피스텔의 관리인 고 씨가 심각한 얼굴로 강유진을 찾아왔다.

"사장님, 관리비가 삼 개월이나 밀렸습니다."

"아, 모두 얼마죠?"

"예, 여기 영수증 있습니다. 모두 사십칠만 원이네요. 아시다시피 그냥 일반 관리비와 수도, 전기, 인터넷 요금 포함된 금액입니다."

강유진이 다가오자 고 씨가 상체를 뒤로 젖혔다. 강유진의 몸에서 풍겨오는 악취에 저도 모르게 반응한 것이다.

강유진은 그것도 의식하지 못하고 멍한 눈으로 영수증을 받아 들었다.

빽빽한 글자와 숫자 아래에 470,000원정 이라는 글자가 정성스럽게 적혀 있다.

"잠깐만요."

강유진은 급히 옷걸이에 걸린 양복 안주머니를 뒤져 지갑을 꺼냈다. 하지만 지갑 안에 돈은 없었다. 그러고 보니 지갑을 쓰지 않은 지 오래됐다는 생각이 뇌리를 스친다.

"아, 이런 바보."

강유진이 피식 웃으며 앉은뱅이 탁자로 이동했다. 탁자 아래가

지저분했지만 돈은 저 어딘가에 남아 있을 터였다.

"오늘이 며칠입니까?"

"30일입니다."

"6월인가요?"

"하하, 농담도 잘하시네요. 10월이지요."

"……."

강유진의 움직임이 잠시 멎었다.

대성그룹에서 퇴사를 한 게 4월 중순이다. 두 달쯤 전의 일이라고 생각했는데 벌써 육 개월이나 지났다니? 아무리 늙어갈수록 시간이 빠르게 지난다고 하지만 정도가 심했다. 게다가 머릿속에 남아 있는 기억의 분량은 넉넉잡아도 두 달이다. 그럼 나머지 네 달은 어디로 증발한 것일까?

멍하니 앉아 있는 강유진을 보다 못한 고 씨가 조심스럽게 말했다.

"저어, 사장님, 제가 바빠서 그런데 관리비 좀 빨리 주시면 안 될까요?"

"아, 네, 잠시만요."

강유진의 움직임이 더욱 빨라졌다.

하지만 아무리 탁자 아래를 들쑤셔도 수표는커녕 만 원짜리 한 장 보이지 않았다.

'350만 원이나 있었는데…… 벌써 다 썼을 리는 없고…….'

곰곰 생각하던 강유진의 얼굴이 가볍게 굳어갔다.

'가만, 지금이 10월이랬지?'

계좌에 기본적인 세금과 보험료의 자동이체를 위해 150만 원을 남겨 두었다. 그리고 현금으로 찾아둔 돈이 200만 원. 하지만 그것도 육 개월 전의 이야기다.

정신이 번쩍 들었다.

"아, 이런! 고 선생님, 어떻게 하죠? 지금 찾아봤는데 돈이 안 보이네요. 아무래도 나중에 다시 와주셔야겠습니다. 어딘가에 잔돈이 좀 남아 있을 줄 알았는데…… 찾아봐도 없네요. 제가 은행에 갔다 와서 정산해 드리도록 하겠습니다."

"사장님, 지난달에도 그렇게 말씀하셨었는데요."

"그, 그런가요? 이번에는 틀림없습니다."

"알겠습니다. 그래도 규칙은 규칙이니까요, 일단은 보증금에서 까나가도록 하겠습니다. 여기 서명 좀 부탁드릴게요."

고 씨가 거친 손으로 또 다른 장부를 내밀었다.

오피스텔 보증금의 금액이 적혀 있고, 그 옆에 8월, 9월, 10월의 글자와 47만 원이라는 숫자가 보인다.

강유진은 신경질적으로 수염을 잡아 뜯었다. 이제 보니 관리인은 '보증금에서 삭감해 나간다'는 것을 알려주기 위해서 온 모양이다.

강유진이 서명을 마치자 고 씨는 재빨리 장부를 덮었다.

그리고 원룸을 휘둘러보고는 인상을 찡그렸다.

"사장님, 웬만하면 좀 치우고 사는 게 좋겠습니다. 이건 쓰레기장 수준이네요. 냄새 때문에 이웃들의 항의가 들어오면…… 우리는 건물 주인에게 알리는 수밖에 없습니다."

"하하, 너무 그러지 마십쇼. 사람 사는 데가 다 비슷하죠. 정리를 안 해서 약간 그렇게 보이는 거지 사실 쓰레기들이 아닙니다."

"아무리 봐도 저런 건 다 쓰레기 같은데요?"

고 씨가 한쪽 벽을 가리켜 보였다.

무심코 그 손끝을 따라가던 강유진의 얼굴이 붉게 달아올랐다. 언제 그렇게 쌓인 것일까? 컵라면의 빈 용기가 한쪽 벽면을 완전히 가리고 있었다.

"저건 재활용이죠……."

군색한 변명이 끝나기도 전에 고 씨의 손이 바쁘게 움직였다.

"저기도 그렇고, 저기도 그렇고……."

"아, 알겠습니다. 시간이 날 때 청소하도록 하죠. 됐지요?"

"예, 사장님, 이웃에서 항의만 안 하게 도와주십쇼. 우리도 관리평점이라는 게 있어서요. 주민들이 항의하면 안 좋은 영향을 받게 됩니다."

"아, 예에……."

강유진이 과장된 태도로 대답했다.

그제야 머쓱한 표정으로 돌아서던 고 씨의 눈이 휘둥그렇게 떠졌다.

"저, 저건 혹시…… 곰팡이 아닙니까?"

고 씨의 손이 천장 한쪽 구석을 가리켰다.

밝은 미색의 도배지 위에 먹물을 뿌린 듯 시커먼 얼룩이 떡하니 자리를 차지하고 있었다.

"위층에서 누수(漏水)라도 있었나 보죠."

강유진이 대수롭지 않다는 듯 말을 받았다.

하지만 고 씨의 얼굴은 좀처럼 펴지지 않았다. 관리인의 입장에서는 누수도 골치 아픈 일이지만, 누가 봐도 저건 누수가 아닌 그냥 곰팡이다. 이 미친 백수는 방을 쓰레기장으로 만든 것으로도 모자라 세균까지 배양하고 있었던 것이다.

"환기를 자주 하면 저런 건 생기지도 않는데…… 대체 환기는 하는 겁니까?"

킁킁거리며 냄새를 맡던 고 씨는 급히 숨을 멈추고 밖으로 나가 버렸다. 생각의 극히 일부분을 후각(嗅覺)에 집중한 순간 바로 토악질이 났던 것이다.

쾅.

거칠게 문이 닫혔다.

고 씨는 뒤도 돌아보지 않고 떠나갔다.

강유진은 다시 쓰레기 더미 사이를 비집고 들어갔다. 그러고 보니 요 며칠 추웠다는 생각이 든다. 이렇게 파고드는 버릇은 전에 없던 것이었다.

"10월인가……."

강유진이 느릿하게 일어나 앉았다.

한가하게 10월인가라고 할 때가 아니다. 벌써 10월이다.

힘겹게 몸을 일으켜 창가로 다가갔다.

창문을 열자 한순간 한기가 들 정도로 시원한 공기가 밀려들었다.

강유진은 오히려 인상을 찡그렸다. 맑고 차가운 공기가 부담스러운 것을 보니 쓸모도 없는 몸이 약해지기까지 한 모양이다.

'가만, 마지막으로 음식을 먹은 게 언제였더라?'

신선한 양념냄새도 없고, 바싹 말라 있는 빈 용기들을 보니 최소한 하루는 넘은 것 같다. 그래도 배는 별로 고프지 않았다.

'별로 배고픈 것도 모르겠는데…… 이대로 굶어 죽어도 괜찮겠는걸?'

전에는 '죽을까? 말까?'를 고민했는데, 요즘은 '어떻게 죽을까?'를 생각하고 있다. 그런 걸 보면 사람은 계속 발전해 가는 모양이다. 항상 그 방향이 문제지만 말이다.

제2화

귀향(歸鄕)

"정신이 드세요?"

…….

강유진이 힘들게 눈을 떴다.

저승세계에 도착한 줄 알았는데 귀에 익은 음성이 들려온다. 함께 죽은 게 아니라면 자신이 아직 죽지 못했다는 뜻이다.

"……신 과장?"

뜻밖에도 자신을 내려다보고 있는 사람은 신은서였다.

"뭐야? 내가 꿈을 꾸고 있는 건가?"

힘없는 중얼거림에 신은서가 사납게 소리쳤다.

"강 차장님! 이제 그만 정신 좀 차리세요! 남자가 이혼 한번 당했다고 이렇게 폐인이 되다니요! 그냥 이혼일 뿐이잖아요! 차장님은 죽다가 살아났다고요! 아시겠어요? 관리인 아저씨가 아니었다면 차장님은 시체로 발견됐을 거예요!"

"하아……."

강유진의 입에서 한숨이 길게 흘러나왔다.

결국 그 우락부락한 오십 대 관리인이 문제였다. 그가 아니었다면 느낌도 없이 갈 수 있었을 텐데. 저승 문턱에까지 갔다가 돌아왔다니 안타까웠다.

"그런데 여긴 어디지?"

강유진이 링거바늘이 꽂힌 팔을 들어올렸다.

"병원이지 어디겠어요!"

"아……."

그제야 여기저기 프린팅 된 '서울대학병원'이라는 글자가 눈에 들어왔다.

"참, 관리인이 나를 발견했다고?"

"네, 계약기간 만료 통보를 하러 갔다고 하더군요."

"그랬군."

"참고로 차장님의 짐은 지금 박 대리 집에 있어요."

"응? 내 짐이 왜?"

"건물주인이 재계약을 하지 않기로 했거든요."

"뭐야 그 사람? 완전 제멋대로군. 전세계약은 계약만료 석 달 전에 세입자에게 통보를 해줘야 해."

"차장님은 큰소리칠 입장이 아닌 거 아세요?"

"신 과장까지 왜 그래? 보호받아야 할 세입자는 나라고……."

"차장님 때문에 그 오피스텔 수리비만 오백만 원이 넘게 나왔대요. 주인이 보증금에서 제하겠다는 걸 박 대리가 겨우 사정사정해서 말렸어요."

"헐, 사기야, 사기. 난 뭐 하나 손댄 것도 없는데?"

"너무 손을 안 댄 게 문제죠. 방이 다 썩고 곰팡이가 나서…… 도배부터 내부 가구까지 새로 들여놨대요. 박 대리가 따라다니면서 다 확인했다니까…… 거짓말은 아닐 거예요."

"……."

강유진은 아무 말도 하지 못했다. 신은서의 말대로라면 입이 열 개라도 할 말이 없었다.

한동안 창밖을 내다보던 강유진이 생각난 듯 물었다.

"그런데 신 과장과 박 대리에게는 누가 연락을?"

휴대전화도 버렸고, 오피스텔에는 회사와 관계된 물건도 없었다. 그런데 관리인은 어떻게 저들에게 연락을 한 것일까?

"차장님이 퇴사하시던 날, 제 명함을 양복 주머니에 넣었어요. 나중에라도 명함을 보면 전화할 생각이 들지 않을까 해서요. 어쨌든 앞날은 알 수 없는 거니까요."

"관리인이 그걸 본 모양이로군."

"그때는 차장님이 죽을 줄 알고 아무에게라도 떠넘기려고 연고

자를 찾았던 모양이더라고요. 차장님의 단벌 양복에서 제 명함이 나왔으니 바로 연락을 한 거죠."

"허, 질긴 인연이야."

"옷깃만 스쳐도 인연이라는데 같은 부서에서 삼 년이나 지냈는 걸요."

"여러모로 폐를 끼쳤군."

"그런 말씀 마세요. 박 대리는 송별회를 못해 드린 게 마음에 걸렸는데 이렇게라도 뵙게 돼서 다행이라고 하더라고요."

"쯧, 추한 꼴을 보였어."

"네, 다시는 그런 모습 보이지 말아주세요. 아직 한창 때시잖아요. 그런데 왜 고려장이라도 당한 할아버지같이 지내세요?"

"고려장이라니, 너무하는군. 정말 그렇게 보였나?"

"본인이 더 잘 아실 텐데요, 뭐."

"그래, 그랬는지도 모르지. 아직 한창 때라니…… 참 오랜만에 듣는 말이로군."

"지금 그런 모습이 바로 어울리지 않는 할아버지 흉내라니까요. 차장님은 동안이시라 이십 대라고 해도 믿어요. 당장 나이트클럽이라도 가보세요. 부킹이 잘 되나 안 되나."

"하하, 링거를 들고 춤이라도 추라고?"

"못할 것도 없죠. 어차피 자기만의 인생인데."

"에이, 그런 건 자네 같은 독신주의자들에게나 어울릴 소리지.

나 같은 평범 소심남들은 돈 주고 하래도 못해."

"그게 문제라고요. 차장님은 이제 겨우 34살이신데, 엣지(edge) 있게 살아보세요, 좀."

"어이 어이, 누가 보면 자네가 연상인 줄 알겠어."

"먹지 못해서 영양실조로 죽을 뻔한 누구보다는 성숙한 정신구조를 가지고 있다고요. 대학로에서 굶어 죽을 뻔했다니! 이게 말이 된다고 생각하세요? 지금이 무슨 60년대인 줄 아세요?"

"미안, 게으른 게 죄야. 나도 내가 그렇게 게으른 인간일 줄은 몰랐다고."

"……."

신은서가 안쓰러운 눈으로 강유진을 바라보았다. 기억 속의 강 차장은 게으름과는 거리가 먼 사람이다. 그는 누구보다 부지런하고, 매사에 열정적이었다. 강 차장이 정말 게으른 사람이었다면 자신이나 박 대리가 돕겠다고 나서지도 않았을 것이다.

"어머, 시간을 보니 이만 가봐야겠어요. 약속이 있거든요."

주섬주섬 핸드백을 챙기는 신은서에게 강유진이 말했다.

"신 과장, 가기 전에 박 대리 전화번호나 알려주고 가."

"아! 마침 제게 박 대리 명함이 있으니까 그걸 드리고 갈게요."

"그럼 고맙고."

신은서는 핸드백에서 명함 하나를 꺼내 탁자에 올려놓았다.

박철영과 김은미의 명함은 항상 가지고 다녔다. 그 두 사람과는 입사동기인데다가 마음도 제법 잘 맞아서 친구처럼 지내고 있었던 것이다.

병실 문을 나서려던 신은서가 멈칫거렸다.

"말없이 가시는 건 이해하는데요, 주변 사람들에게 폐가 될 일은 하지 말아주세요. 우울증 말기의 사람에게 하나마나한 소리라는 걸 알지만……. 그래도 차장님이시라면 어떻게든 견뎌낼 수 있을 거라고 믿어요. '내일은 내일의 태양이 뜬다' 고 입버릇처럼 말씀하신 분이 차장님이시니까요."

"……."

그 말을 끝으로 신은서는 떠나갔다.

"내일이라……."

더 이상 내일의 태양에는 관심도 없었다. 하지만 "주변 사람들에게 폐가 될 일을 하지 말라"는 말은 마음에 와 닿았다.

"결국 울산인가."

말이 씨가 된다고, 끝내 울산으로 내려갈 팔자였나 보다.

1995년 봄, 과로로 쓰러진 아버지는 투병 한 달 만에 숨졌다. 아버지의 장례 후 어머니는 갑자기 울산으로 내려가시겠다고 했다. 이대독자인 자신이 모시겠다고 했지만 어머니는 뜻을 꺾지 않았다. 어머니 말씀에 의하면 당신의 인생에서 가장 행복했던 시간은 신혼 초에 살았던 내와리(內瓦里)에서의 3년이었다. 어머니는 남은 여생을 그곳에서 보내고 싶어 하셨다.

그 해 가을, 어머니는 -다른 사람의 땅 위에 조립식으로 지어진- 작은 집 한 채를 구입했다.

그리고 3년 뒤인 1998년 여름에 깊은 잠에서 깨어나지 못하고 돌아가셨다. 몇 안 되는 마을 사람들은 '호상(好喪)도 그런 호상이 없다' 고 입을 모았다.

문득 2007년 봄의 열풍(熱風)이 떠올랐다.

그 당시는 서울의 아파트를 처분하고, 퇴직금을 담보로 대출까지 받아 미국의 주택 구입에 열을 올릴 때였다. 가끔 별장으로 사용하면서도 계륵(鷄肋)으로 취급받던 내와리의 조립식 주택은, 건물 소유주와 땅주인이 다르다는 복잡함과, 팔아 봤자 도움이 안 되는 저렴한 가격 덕분에 처분대상에서 제외됐다. 만약 그때 내와리의 조립주택까지 팔았다면, 돌아갈 마지막 자리조차 없었을 것이다.

"하아! 사람 일 한 치 앞을 모른다더니……."

탄식하던 강유진은 병원의 전화로 박 대리를 불렀다.

박 대리의 집에 가 있다는 짐도 찾아야 하지만, 귀향 준비를 도와줄 사람이 필요했던 것이다. 팔에 링거바늘을 꽂고서 돌아다닐 수는 없지 않은가!

강유진의 호출에 박철영이 총알처럼 달려왔다.

시골에서 자란 박철영은 강유진의 귀향 계획에 적극 찬성했다. 지금의 강유진에게 살벌한 도시 생활은 독과도 같다는 생각에서다.

더 나아가 박 대리는 이참에 밭농사라도 좀 지어보시라고 권유했다.

내일의 계획이란 게 없던 강유진은 흔쾌히 그러마고 답했다.

그런 목적으로 만난 것은 아니지만, 어느새 두 사람은 전원에서의 생활에 대한 구체적인 계획까지 세우고 있었다.

*　　*　　*

사흘 후, 박 대리는 외근을 핑계로 회사를 빠져나갔다. 신임 최 과장 모르게 박 대리를 밖으로 빼돌린 사람은 입사동기인 신 과장이다. 회사 내에서 강유진의 일을 아는 사람은 입사동기 세 사람뿐이었으니 당연한 일인지도 모른다.

일단 박 대리는 강유진을 대신해 중고차 한 대를 샀다. 그리고 병원으로 돌아가 강유진의 퇴원수속을 도왔다.

강유진은 퇴원수속이 끝나자마자 박 대리와 주차장으로 내려갔다.

거침없이 걷던 박 대리는 단단하게 생긴 사륜구동 지프차 앞에서 멈춰 섰다. 지프차는 군데군데 칠이 벗겨지고, 찌그러진 곳도 있었지만, 크기만은 주변의 승용차를 압도하고 있었다.

"박 대리, 너무 오버한 거 아냐?"

"오버라뇨?"

"사륜구동까지는 이해하는데…… 저건 마치 장갑차 같잖아."

"싼 맛에 샀습니다."

"아, 그렇군."

강유진은 찍소리도 하지 못했다. '싸서 샀다'는 데에는 할 말이 없었다. 오피스텔에서 돌려받은 보증금이 얼마 안 되기 때문이다.

"차키 줘."

"일단 저희 집까지는 제가 모시겠습니다."

"아냐, 내가 운전연습 삼아 몰아 봐야겠어. 갈 길이 멀다고."

"차장님, 운전대 놓은 지 얼마나 되셨습니까?"

"……."

강유진은 잠시 딴청을 했다.

'운전이라…….'

2년쯤 전 미국에 들어간 와이프를 위해 집을 팔 때, 자동차도 함께 팔았다. 그리고 오피스텔을 회사 근처에 얻었다.

"삼 년 정도 됐나 봐."

"저어, 차장님, 몸도 불편하신데…… 제가 집까지 운전하는 게 좋겠습니다."

"이봐, 운전은 자전거 타는 거랑 같다고. 한번 배우면 몸에 익어서 괜찮아."

"그래도 차장님, 삼 년이면 장롱면허와 동급입니다."

"어허! 내가 카레이서 하라는 소리까지 들었던 사람이야. 쓸데없는 걱정은 하지 말고 열쇠나 내놔."

강유진이 계속 요구하자 박철영은 울상을 지으며 자동차 키를 건넸다.

그리고 박철영이 마지못해 조수석에 올라탔을 때다.

"박 대리, 내가 길치니까. 길안내 잘해라."

"헉! 차장님, 장롱면허에 길치면 그냥 죽자는 소립니다."

"자네 종교가 뭐더라?"

"불교입니다."

"난 어릴 때 교회를 좀 다녔었어."

"그런데요?"

"알아서 각자 기도하자고. 우리나라 종교 비율이 불교가 47%, 기독교가 53%야. 둘이 기도하면 100% 확률로 응답이 있을 거 아냐? 오늘은 안 죽어."

"그, 그거야 종교인 대상의 비율이겠죠. 비종교인도 많은데……."

"이봐, 이봐, 어차피 기도는 종교인의 몫이잖아. 한국에 또 다른 대박 종교가 있다면 모를까, 적어도 아직은 우리 조합이 최강이야. 안심하라고."

"그, 그런가요?"

뭔가 이상하다 싶으면서도 박철영은 고개를 주억거렸다. 강유진의 이런 기묘한 논리는 새삼스러운 게 아니다. 그런데 이 괴상한 논리로 무장된 강유진이 하는 일은 이상하게 잘 풀렸다. 사람들을 이끌어 가는 힘, 그것을 리더십이라고 부른다면, 대성그룹 재직 시 강유진은 리더십이 뛰어난 사람이었다.

박철영은 리어카 위에 올라탄 것처럼 덜커덩거리는 지프차 속에서도 강유진에게 운전자를 바꾸자는 말을 하지 못했다.

강유진은 땀을 뻘뻘 흘리면서도 박 대리의 집 앞까지 차를 몰았다.

하지만 짐을 실어 나르는 일만은 박철영도 양보하지 않았다. 어차피 도움이 못될 걸 알기에 강유진도 고집을 부리지 않았다.

점심 무렵에야 강유진은 사연 많은 서울에서 떠날 준비를 끝낼 수 있었다. 죽다가 살아난 지 사흘 만의 일이었다.

제법 묵직한 가을 햇살을 받으며 강유진이 마지막 인사를 했다.

"박 대리, 신 과장에게 고맙다는 말 전해줘."

"염려 마십쇼! 그리고 차장님, 농사에 성공하면 초대하는 거 잊지 마십쇼."

"그래, 어차피 너희들 외에는 달리 자랑할 상대도 없다고."

사회생활을 제법 한 34세의 남자가 할 말은 아니지만 강유진은 숨기지 않았다. 신은서와 박철영은 자신의 밑바닥을 본 사람들인 까닭이다.

"하하! 차장님, 어차피 모두가 군중 속의 고독인 겁니다. 저도 생전 초대라는 걸 받아본 적이 없는 사람이니까요!"

박철영이 환하게 웃어 보였다.

새 출발을 앞두고 있는 강유진에게 뭔가 도움이 되고 싶었지만, 웃어 주는 것 외에 해줄 수 있는 일이 없었다.

"이봐, 남자에게 그런 웃음을 보이면 오해받는다고. 그런 건 김 대리에게나 보여줘."

"여기서 갑자기 김 대리 얘기가 왜 나옵니까?"

"둘이 제일 친하잖아. 하루 종일 메신저로 떠들면서 뭘 그래."

"그거야 입사동기니까요."

"나도 입사동기가 일곱이나 있었지만, 내 등에 비수나 안 꽂으면 다행이라고 생각했다. 하여튼 행복해라."

"옙! 차장님도요!"

부르릉.

시동과 동시에 차체가 거칠게 요동쳤다.

강유진은 창문을 내리고 다시 한 번 손을 흔들었다. 그리고 미련 없이 엑셀을 밟았다.

'어머니, 저도 갑니다…….'

강유진은 마음으로라도 어디로 가는지를 특정하지 않았다. 자신의 귀향은 남들처럼 인생의 새 출발이 아니다. 그저 몇 남지 않은 지인들에게 폐를 끼치지 않고 조용히 살다가 가는 것을 목적으로 하고 있었다. 마치 바다에서 자란 연어가 민물로 돌아가 산란을 하고 죽는 것처럼 말이다. 물론 수컷이라 연어처럼 산란할 일은 없겠지만.

* * *

강유진은 자그마치 여섯 시간이나 운전을 하고서야 울산에 도착할 수 있었다. 물론 휴게소에 들러 쉰 시간까지 포함해서다. 울산에서 다시 면소재지까지 들어가는데 삼십 분이 걸렸다. 면 소재지에서 집 근처의 마을까지는 다시 차로 삼십 분 이상이 걸린다. 한낮에 서울에서 출발했지만 이래저래 집이 있는 내와리에 도착한 때는 주변이 완전히 어두워진 뒤였다.

강유진은 상향등을 켰다. 탑골로 들어가는 구불구불한 길이 조금 더 선명하게 눈에 들어왔다. 어머니가 남겨준 조립주택은 탑골의 마지막 집으로부터 무려 이십 분이나 더 산으로 들어가야 했다.

간혹 전조등이 바위더미에 층층이 쌓여진 돌조각을 비추었다. 그럴 때마다 돌탑의 그림자는 아날로그시계의 초침처럼 오른쪽으로 빠르게 넘어갔다.

칠흑같이 어두운 숲속의 밤길은 사람을 오싹하게 만드는 뭔가가 있다.

죽고 싶은 것과 자연으로부터 느껴지는 원초적인 공포는 다른 것인가 보다. 나름 대범하다고 자부하고 있던 강유진도 그 오싹함을 떨칠 수는 없었다.

"동네 이름이 탑골이라더니…… 탑이 많기는 많네."

솔직히 탑이 많아 탑골인지, 탑처럼 생긴 뭔가가 있어서 탑골인지는 모른다. 여기서 삼 년을 산 사람은 자신이 아니라 어머니다. 어머니가 계시는 동안 일 년에 서너 차례 방문한 적이 있지만 말 그대로 잠시 쉬러 왔을 뿐, 지역에 대한 관심은 없었다.

일차선 아스팔트 포장길이 비포장으로 바뀐 지 이십 분쯤 지났을까? 저 멀리 야트막한 분지 위로 작은 집이 보인다.

어둠 속에서도 눈에 익은 것을 보니 어머니가 살던 집이다.

그제야 안도의 숨이 흘러나왔다.

아까부터 길을 잘못 든 건 아닌가, 내심 걱정하고 있었는데 제대로 찾아온 모양이다.

타고난 길치가 네비게이션도 없이 단숨에 찾아오다니? 혹시 이런 것도 회귀본능의 능력일까?

강유진은 지프차를 이전에는 마당으로 불리던, 잡풀로 우거진 집 앞 공터에 세웠다.

그리고 차문을 열고 나와 크게 기지개를 켰다.

개운함은 잠깐, 이내 시린 밤바람에 오한이 든다. 11월의 백운산은 벌써 한겨울이라고 해도 과언이 아니었다.

"으! 춥다."

덜덜 떨던 강유진은 제자리에서 맨손체조를 하며 장거리 운전에 지친 몸을 풀었다.

그러던 중에 강유진의 입에서 탄성이 흘러나왔다.

"아!"

달빛 아래 몇 개의 산들이 우람하게 서 있는 모습이 보였다.

지금 보니 조립주택은 어울리지 않게 거대한 산 그림자를 병풍처럼 두르고 있었다.

움직임을 멈추자 다시 한기가 밀려왔다.

강유진은 급히 조립주택의 자물쇠를 열었다.

처음 오피스텔에 입주할 때 들여놓았던 가구는 이미 처분한 뒤였다. 사나흘 병원에 있는 동안 어지간한 짐들도 다 버리게 했다. 그런데도 아직 남아 있는 짐이 많았다. 20년이 넘게 끌고 다니던 책과 계절별 옷을 버렸음에도 지프차에는 빈자리가 없을 정도였다.

차에 있는 짐을 집 안으로 옮기는 데 거의 삼십 분 정도의 시간이 걸렸다. 강유진은 새삼 박 대리에게 고마움을 느꼈다. 낮에 그가 실어주지 않았다면 운전할 기력도 남아 있지 않았을 것이었다. 마누라와 자식복은 없는데 부하 직원 복은 남아 있었나 보다.

강유진은 어두운 거실의 소파에 우두커니 앉아 창밖을 내다보았다. 짙은 어둠에 가려 아무것도 보이지 않았다. 심야의 전망이 마치 자신의 현재와도 같다는 생각을 했다. 문득 '내일은 내일의 태양이 뜬다' 고 말하던 신 과장의 얼굴이 떠올랐다.

"내일의 태양이라……."

강유진이 눈을 지그시 감았다. 그런 게 뜨긴 뜰 게다. 그러면 뭐 하나. 지금의 자신에게는 그저 하루의 나이를 더 먹게 되는 것 이상의 의미는 없다. 살아 있는 것이 곧 죽어가는 것이다. 주변 사람들에게 폐가 되지 않도록 최대한 노력하면서 말이다.

"그래 봤자 사백만 원 어치의 목숨인데……."

병원비를 지불하고 수중에 남아 있는 돈은 400만 원이 조금 못 되었다. 오피스텔에서의 경험을 생각하면 넉넉잡고 육 개월 후면 돈이 다 떨어지게 된다. 성격상 한 시간 거리의 면사무소를 기웃거리며 밀가루를 타 먹지는 못할 테고, 십중팔구 산중의 조립주택에서 미이라가 되어갈 게다. 영화 '하늘에서 음식이 내린다면'의 꿀꺽퐁당 섬처럼, 하늘에서 먹을 게 떨어져 준다면 조금 더 연명하겠지만 말이다.

박 대리의 말처럼 농사를 생각해 보지 않은 것은 아니다. 하지만 평생 도시 생활을 하던 자신이 갑자기 무슨 수로 농사를 짓는단 말인가? 그건 마치 음식을 만드는 기계를 발명해서 하늘에 띄워 놓으려는 것과 다를 바가 없었다.

강유진은 품 안에서 작은 액자를 꺼냈다.

날빛 아래 액자의 사진이 흐릿한 윤곽을 드러냈다.

사진 속에서 전처와 딸이 환하게 웃고 있었다.

전에는 그것을 가족 간의 친밀한 사랑으로 생각했다. 하지만 이제는 안다. 저 웃음은 자신이 아니라 카메라를 향한 것이었다. 어쩌면 두 사람은 카메라 앞에서 자기애(自己愛)를 드러낸 것인지도 모른다. 모녀의 나르시시즘(Narcissism)을 가족애로 착각한 자신이 한심스러웠다.

'병신…….'

갑자기 자리에서 벌떡 일어난 강유진은 거실의 불을 켰다.

대형 창문에 주먹을 쥐고 어쩔 줄 몰라 하는 한 남자의 실루엣이 보였다.

"왜! 왜! 왜!"

지금의 기분이라면 미이라가 되기 전에 속이 먼저 터질 것 같았다.

강유진은 신경질적으로 액자의 뒤를 열었다.

그리고 사진을 꺼내 테이블 위에 놓았다.

씩씩거리던 강유진은 뒤늦게 자신이 해야 할 일이 뭔지 깨달았다.

잠시 후 강유진은 커터칼을 찾아 사진 속의 사람들을 따로따로 오려내기 시작했다.

제일 먼저 전처의 얼굴을 잘라냈다.

딸의 미소를 뚫어져라 내려다보던 강유진은 자신과 딸의 사이에 칼날을 댔다.

눈 깜짝할 사이에 세 사람이 모두 분리됐다.

강유진은 전처와 자신의 사진은 휴지통에 버리고, 딸의 얼굴만 지갑 속에 넣었다. 인륜(人倫)은 끊을 수 있지만 천륜(天倫)은 끊을 수 없다던가…….

충동적인 절연(絕緣) 의식이 끝나자 갑자기 슬퍼진다.

이제는 자신의 마음에서도 전처와 딸을 비워내야 할 때가 되었다는 생각에서다. 1년 동안 속으로 곪기만 하던 상처가 조금 벌어진 느낌이다.

"크흐흐흑……."

마치 가슴에서 고름을 짜내듯, 강유진은 눈물을 흘렸다.

쏟아낸 눈물의 양만큼 답답함은 해소되었지만, 분노는 사라지지 않았다.

강유진은 신경질적으로 커터칼을 집어던졌다.

벽 쪽에서 '콰자장' 하고 깨지는 소리가 들려왔지만 들여다보지 않았다.

한참 동안 씨근덕거리던 강유진은 다시 불을 끄고 소파 위에 길게 드러누웠다.

*　　*　　*

다음날 아침, 강유진은 깨우는 사람도 없는데 부스스 일어났다. 너무 고요해서 오히려 늦잠을 잘 수가 없었던 것이다. 죽고 싶은 주인의 마음과 달리 제멋대로 설쳐대는 장(腸)의 활발한 연동운동(蠕動運動)도 한몫했다.

허기진 배를 채우려던 강유진은 간밤에 자신이 벌인 일을 먼저 수습해야 했다.

화분 하나가 깨지면서 날카로운 돌조각이 거실에 떨어져 있었던 것이다. 하필 아무렇게나 던진 커터칼에 도자기 화분이 깨진 모양이다.

밝은 아침에 보니 어머니가 아끼던 화분이다.

하지만 아깝거나 미안하다는 생각은 들지 않았다. 어차피 어머니가 돌아가신 뒤로 아무도 돌보지 않아 내용물은 말라죽어 있었다.

화분의 파편과 흙을 치우고 집 안 구석구석을 살폈다. 앞으로 살아야 할 집이라고 생각하니 환풍기의 위치까지도 신경이 쓰였다.

조립주택은 어머니가 계실 때는 좁다는 느낌이었다. 그런데 막상 혼자 쓰려니 넓어서 휑한 느낌이 들 정도였다.

강유진은 가장 먼저 자신의 짐을 정리하기로 했다.

거실에 쌓인 짐을 풀던 강유진의 입에서 갑자기 웃음이 터져 나왔다. 박철영의 엉뚱함 때문이다.

왜 그렇게 짐이 많은가 의아했는데, 지금 보니 낯선 짐의 대부분이 먹거리였다. 라면과 견과류, 군대에 납품된다는 전투식량이 자그마치 열 박스나 되었다. 차를 사라고 했더니 차에다가 먹을거리까지 함께 세팅을 해버린 것이다. 차에 아직 내리지 못한 20킬로그램짜리 쌀자루도 세 개 정도 있으니, 당분간 굶어 죽을 일은 없었다.

덕분에 강유진은 일주일 이상 하는 일도 없이 음식만 축냈다.

강유진이 문밖으로 나간 건 거의 열흘 만의 일이었다.

그것도 자의에 의해서가 아니라 전적으로 타의에 의해서다. 칠십 대 노인이 반장이라고 찾아왔던 것이다.

노인은 이것저것 묻더니 '이 집에서 살 거면 마을회비를 내라'고 했다.

"저, 어머니가 몇 년 전에 이사 오시면서 낸 것으로 알고 있는데, 제가 또 내야 하나요?"

강유진이 조금 따지듯이 묻자 노인의 인상이 대번에 구겨졌다.

"어허! 짐 모라카노? 밀가리(밀가루)와 미물(메밀)이 같다고 그카는 기가? 보그래이, 느그 어무이는 고마 죽어 삐째?"

"예."

"그라모 사람이 계산이 정확해야제. 우예 실찌기 넘어갈라 그라노."

"예?"

"아즈매는 아즈매고, 자슥은 자슥 아이가? 서울은 우쨌는지 몰라도 여서는 그래 몬한데이. 얼라도 아이고, 탑골에 살라꼬 와쓰믄 퍼뜩 내그래이."

"쩝! 알겠습니다. 마을 규칙이 그렇다면 그래야죠. 얼마죠?"

강유진은 더 이상 말을 길게 하고 싶지 않았다. 이런 것도 텃세의 일종으로 생각하고 대충 넘어가기로 한 것이다.

"오만 원 도고."

노인이 장부를 펼쳤다.

강유진이 5만 원을 건네자 노인은 볼펜과 함께 장부를 내밀었다.

"요기 이름도 쓰고."

서명을 마치자 노인이 장부를 거두어 갔다.

"하모 모해 묵고 살라 카는데?"

"아, 쉬러 온 겁니다. 나중에 시간 되면 밭도 좀 일궈 보고요."

노인이 눈곱 가득 낀 눈으로 강유진의 아래위를 훑어보았다. 허여멀겋게 생긴 도시사람이 농사를 짓겠다니 믿지 않는 눈치다.

"헐! 요새 아들은 참말로 별시럽네. 바람만 쪼매 불어도 해딱 자빠지게 생기가 몬 농사를 붙이 묵는다고…… 쯧! 쯧!"

"……."

강유진은 어색하게 웃기만 했다. 지금 자신의 몸은 노인의 말대로 농사는커녕 마당의 풀을 뽑기도 벅찬 상태였다.

"에고고! 몸이 션차느니 자꾸 까라지고 깰바사져서 클났데이. 이러다가 지사상 받게 생긴네……."

혼자 구시렁거리던 노인은 오토바이를 타고 사라졌다.

* * *

한 달은 금방 지나갔다. 반장이라는 노인은 처음 다녀간 날 이후로 다시 얼굴을 비치지 않았다. 강유진의 입장에서는 다행스러운 일이었다. 근처를 지나다니는 사람도 없으니 무엇을 하든 자유였다. 딱히 할 만한 일이 없다는 게 문제였지만 말이다.

요즘 강유진의 유일한 오락거리는 장작패기였다. 집 안에 장작난로가 있어서가 아니다.

풀이 다 얼어 죽자 마당 한구석에 쌓여 있는 통나무들이 보였다. 벌목꾼들이 근처를 지나갈 때 어머니가 부탁해서 들여놓았던 것들이다. 어머니는 도시사람답게 장작불 구이에 로망이 있었다. 그래서 가족들과 휴가 때 찾아올 때면 거의 매일 고기를 구워 주시곤 했다.

강유진은 하루 한 차례씩 -관리차원에서- 차에 시동을 걸어 라디오를 틀고, 그 옆에서 도끼질을 했다. 어머니처럼 장작불에 고기를 구워 먹기 위한 것은 아니다. 혹시라도 숲속에 버려진 흉가처럼 보일까 봐 마당을 정리하려고 시작한 일이었다.

새해가 되자 허름한 창고 지붕 아래에 장작이 가득 쌓였다.

마당을 차지하고 있던 통나무가 다 정리되자, 강유진은 등산으로 취미를 바꾸었다.

처음에는 이삼 일에 한 번 정도 등산을 했다. 하지만 1월이 지나갈 무렵에는 거의 매일 백운산에 올랐다. 산에 오르면 일단 가슴이 답답하지 않고 살 만했다. 최소한 산을 오르내리는 동안에는 죽고 싶다는 생각도 들지 않았다.

해거름 무렵이 되면 가끔씩 마당에 나가 잡동사니들도 태웠다.

강유진이 태우는 것들은 가끔씩 나오는 가족들의 물건이었다. 예컨대 우연히 발견된 딸아이의 동화책이라든가, 전처가 입던 옷가지들이 마당 한구석에 있는 소각용 드럼통에서 재가 되어 사라졌다.

1월 중순경 마침내 서울에서 가지고 온 먹거리가 동이 났다. 며칠 전부터 고민하던 강유진은 차를 몰고 면소재지로 나갔다.

마트에서 쌀과 반찬류를 구입하고 그동안 먹지 못했던 빵과 고기도 샀다.

계산을 하고 보니 식료품비만 30만 원이 넘는다. 오피스텔에서의 끔찍했던 경험을 떠올려 꼭 필요한 물건만 구입했음에도 그 정도였다.

아직 수중에 300여만 원이 남았어도 강유진의 표정은 밝지 않았다. 한 달에 들어가는 보일러 기름값만 해도 30만 원이 넘었다. 최소한 2월까지는 보일러를 돌려야 하니 60만 원은 빼둬야 한다. 그럼 쓸 수 있는 돈은 고작 240만 원이다. 하지만 그것도 전부 자신의 것은 아니다. 각종 세금도 내야 하기 때문이다. 이리저리 계산해 보니 앞으로 네다섯 차례 정도 시장을 볼 수 있을 것 같았다. 그 다음은 정말 끝이다. 그래도 더 살고 싶으면, 막일이라도 해야 했다.

인생은 때때로 지나치게 잔혹하다.

강유진은 여덟 번 정도 시장을 더 볼 수 있다고 생각했지만, 현실은 그렇지 못했다. 당장 그날 강유진의 지프차가 마트 앞에서 퍼져 버렸던 것이다.

강유진은 견인차를 불러 가까운 카센터로 지프차를 옮겼다. 그리고 카센터에서 수명이 다한 배터리와 완전히 닳아 없어진 브레이크 패드를 교체했다. 이래저래 견인과 수리비만 25만 원이 나갔다. 그 바람에 시장을 볼 수 있는 횟수가 줄어들게 생겼다. 강유진에게는 수명이 줄어든 것이나 다름없었다.

시련은 그것으로 끝나지 않았다.

1월과 2월은 유래 없는 강추위가 몰아쳐 왔다. 어떤 과학자들은 지구가 소빙하기에 접어들었다고까지 했다. 아끼고 아꼈지만 한 달의 기름값은 30만 원을 훌쩍 넘겼다. 설상가상(雪上加霜)이라고, 강추위는 3월이 되어도 풀리지 않았다.

결국 강유진은 3월까지 보일러를 돌려야 했고, 시장을 볼 수 있는 기회는 또 한 번 줄어들었다.

그리고 4월이 되자, 마침내 가지고 있던 돈을 모두 쓰고 말았다. 마지막으로 텃밭에 파종을 한 번 한 게 미래를 위한 투자의 전부였다.

강유진에게 4월의 마지막 밤은 인생의 어느 밤보다 길고 잔인했다. 물론 조립주택을 팔면 얼마간 더 살 수 있을지 몰랐다. 단지 산다는 측면에서 생각하면, 번화한 도시로 나가서 노숙자처럼 살아도 살 수 있을 것이었다.

하지만 강유진은 애써 그럴 필요를 느끼지 못했다.

먹을거리가 다 떨어진 그날 밤, 강유진은 유서를 썼다가 찢었다. 유서의 내용이 너무 한심하다고 생각했던 것이다. 아무리 사실이 그렇다 해도, '처와 자식에게 버림받고 방황하다가 굶어 죽는다.' 라고 쓸 수는 없지 않은가?

강유진은 언젠가 오피스텔에서의 기억을 떠올렸다. 그때는 관리인이 찾아와 병원으로 실려 갔다. 하지만 이곳에서 그럴 일은 없을 것이다. 자신이 이사를 온 이후로 -반장을 빼면- 단 한 사람의 방문객도 없었다. 지난 육 개월 동안 방문객은커녕 집 근처에서 사람을 구경한 적도 없다.

안방에 누워 눈을 감았다. 가정이 해체되기 전까지는 치열하게 살았다. 그 뒤로 1년 정도 방황했고, 귀향해서는 나름대로 현실에 충실했다. 그래도 결과는 바뀌지 않았다. 사람마다 정해진 운명이라는 게 있기는 있는 모양이다.

문득 박 대리의 얼굴이 스치고 지나갔다. 그는 자신이 성공적으로 귀농(歸農)할 것으로 믿고 있을 것이다. 하지만 농촌 출신인 그도 예상하지 못한 게 있었다. 4월의 끝인데도 아직 내외리의 날씨는 겨울에 가까웠다. 본격적인 농사는 둘째 치고 난방을 하기에도 바빴다. 모두가 귀농을 너무 안이하게 생각한 탓에 벌어진 일이다. 농사를 짓는다는 것 역시 도시인의 비즈니스 못지않게 치열하다는 것을 모른 게 죄다.

방바닥의 온기가 등을 타고 온몸에 전해졌다. 그 작은 따스함이 말할 수 없이 고마웠다. 이 와중에 방바닥까지 차가웠다면 더욱 처량한 밤이 됐을 것이다.

강유진이 까무룩 잠이 들었을 때다.

드드드드.

집이 흔들렸다.

그 진동에 강유진은 눈을 번쩍 떴다. 귀가 울릴 정도로 사방에서 진동음이 들려왔다.

"지진?"

강유진은 벌떡 일어났다가 몸이 흔들리자 다시 몸을 웅크렸다. 진동은 강유진의 몸까지도 사정없이 흔들고 있었다.

드드드득.

와장창. 쿵쾅.

유리가 깨지고 가재도구들이 넘어지거나 떨어지는 소리가 들려왔다.

곧이어 귀가 먹먹해지고 온몸에 소름이 돋았다.

"으으!"

강유진은 하얗게 질린 얼굴로 고개를 들었다.

휘청거리는 집은 당장이라도 무너질 것 같았다. 진짜 죽을 것 같다는 생각이 든다. 비록 조립식으로 지은 집이지만, 무너져서 깔리면 살아남지 못할 것이었다.

희망이 없다고, 죽고 싶다고 노래를 부르던 강유진이었지만 갑작스러운 죽음의 공포 앞에서 공황상태에 빠지고 말았다.

"으아아!"

강유진은 미친 듯이 일어나 거실로 뛰어 나갔다.

거실은 폭격이라도 맞은 것처럼 엉망진창이다. 진동은 멈추지 않았고, 집 안의 물건들이 팝콘처럼 이리저리 튀었다.

몸을 똑바로 가누기조차 어려웠다.

뭔가가 날아와 허리를 때렸다.

그 충격으로 강유진은 넘어졌지만, 이내 두 팔로 바닥을 짚고 상체를 세웠다.

'마당으로 나가야 한다!'

강유진은 무릎걸음으로 기어가기 시작했다.

강유진이 막 현관을 빠져나온 순간이다. 거짓말처럼 지진이 멈추었다.

…….

하지만 지진이 멈춘 뒤에도 강유진은 자리에서 일어날 생각을 하지 못했다. 놀라기도 했지만, 진이 다 빠져버린 까닭이다.

얼마나 지났을까? 겨우 원기를 회복한 강유진은 힘겹게 몸을 일으켰다.

은은한 달빛이 조립주택을 비추고 있었다. 방금 전과는 달리 너무도 평화로운 모습이다. 깨진 창문이 아니었다면 모든 게 꿈이었다고 생각될 정도다. 하지만 자세히 살펴보니 조립주택은 곳곳이 부서지거나 뒤틀려 있었다. 마지막 안식처조차 철저하게 파괴되고 만 셈이다.

"푸하하하!"

갑자기 웃음이 터져 나왔다.

강유진은 —물에 빠진 개처럼— 단지 살겠다고 발버둥 치던 자신의 모습이 떠올라 한참을 웃었다.

이런 모순이 세상에 또 있을까? 죽지 못해 안달이더니 막상 죽음 앞에서는 살겠다고 난리다.

제3화

오파츠(OOPARTS), 시대에 맞지 않는 유물

집 안으로 들어간 강유진이 처음으로 한 일은 불을 켠 것이었다. 전기선이 끊어졌다면 당장 보일러를 가동할 수가 없기 때문이다. 다행히 전기는 제대로 들어왔다.

불을 켜고 보니 거실은 예상했던 대로 엉망이다. 책장은 넘어져 있고, 선반 위의 장식품들도 박살이 난 채 바닥에 널려 있다.

강유진은 치울 엄두를 내지 못하고 방으로 들어갔다.

집 안의 창문이란 창문은 모두가 깨져 있었다. 창문틀이 이리저리 휘었으니 당연한 일이다. 포근하던 안방은 바닥이 따스한 것을 빼면 외부와 온도 차이가 없었다. 어떻게든 창문을 막아야 하루를 무사히 보낼 수 있을 거라는 생각이 든다.

강유진은 여름 이불을 꺼내 창을 막기로 했다.

이불은 쉽게 찾았지만 고정할 것이 마땅치 않아 아예 창틀에 못질을 해버렸다. 그렇게 하니 보기에 흉했지만 방 안의 온도는 금방 올라갔다.

대충 정리가 끝나자 강유진은 쓰러져 잠이 들었다.

날이 밝자 허기가 밀려왔다. 아마도 지난밤에 갑자기 힘을 써서 그런 모양이다.

집 안을 뒤지자 싱크대 상단 구석에서 유통기한이 지난 라면 하나가 나왔다. 라면에서 냄새가 나는 것 같았지만 그게 어딘가? 강유진은 마지막일 것이 분명한 라면을 정성스럽게 끓여 먹었다. 비록 씹는 느낌은 좋지 않았지만 상한 것 같지는 않아 안심이 됐다.

뜨거운 국물이 들어가자 주변을 둘러볼 여유가 생겼다.

강유진은 옷을 챙겨 입고 집 밖으로 나왔다.

"헉!"

밖으로 나온 강유진은 뜻밖의 광경에 벌어진 입을 다물지 못했다.

마당의 한가운데 검은 구멍이 입을 벌리고 있었던 것이다. 그것은 해외토픽에서나 가끔 보던 지반침하(地盤沈下)로 생긴 싱크홀(sinkhole)이었다.

지프차는 싱크홀로부터 한 걸음 정도 되는 거리에 아슬아슬하게 서 있었다.

대충 둘러보니 지름이 10미터는 되어 보인다.

강유진은 자신의 처지도 잊고 '땅주인이 나중에 알면 열 좀 받겠다' 는 생각을 했다.

조심스럽게 다가가 아래를 내려다보니 바닥이 보이지 않았다.

현관으로 돌아가 쪼그리고 앉았다.

문득 한숨이 흘러나왔다.

돌이켜 보니 남들은 평생에 한 번 겪을까 말까 한 일이 일상적으로 벌어지고 있었다. 가정의 해체와 해고, 귀향, 그리고 해외토픽에 실릴 만한 위험천만한 싱크홀까지.

강유진은 하루 종일 집 안으로 들어가지 않았다.

이건 누가 정리하고 치워서 될 일이 아니다. 기본적으로 집이 뒤틀려 다시 지어야 할 상황이었다.

"진짜 빈손으로 왔다가 빈손으로 가게 생겼군."

격언이나 속담이 현실로 다가오자 기분이 묘했다.

멍하니 앉아 있는데 어디선가 야릇한 공명음이 들려오는 듯했다.

우우웅.

처음에는 귀에서 나는 이명(耳鳴)인 줄 알았다.

하지만 계속된 소리에 정신을 집중하니 외부의 소리였다.

홀린 듯이 따라가다 보니 블랙홀처럼 뚫린 구멍에 이르렀다.

기묘한 소리는 마치 소라의 껍데기에 귀를 대면 파도소리가 들리는 것처럼, 검게 뚫린 구멍 안쪽에서 흘러나오고 있었다.

그건 마치 지구의 심장이 내는 소리 같았다.

강유진은 구멍의 가장자리에 우두커니 서서 생각했다.

아아! 우주와 지구를 생각하면 인간은 얼마나 보잘것없는 존재인가!

고개를 돌리니 잔뜩 뒤틀어진 조립주택이 저녁노을 아래 군색하게 서 있다.

그것은 마치 버림받고 망가진 자신의 모습과도 같았다.

강유진의 입에서 한숨이 흘러나왔다.

문득 어두운 기억이 말했다.

'죽겠다던 놈이 뭐가 무서워서 허겁지겁 뛰쳐나갔는데?'

…….

'늘 독신을 부러워했잖아. 그런데 왜 방황한 척하는데?'

…….

'넌 진짜가 아냐. 가짜야. 그래서 늘 흉내만 내다가 포기했잖아. 학생운동도 그렇고, 가족이나 자살도 흉내만 냈을 뿐이야.'

"아니야! 아니라고!"

'그럼 흉내가 아니란 걸 증명해봐.'

"씨발! 잘 봐! 난 가짜 인생이 아니야! 나의 마지막은 내가 결정한다! 나는 진짜라고!"

강유진이 버럭 고함을 지르고 구멍으로 다가갔다.

우우웅.

공명음을 토해내는 검은 공간이 눈에 가득 들어왔다.

강유진은 -무엇에라도 홀린 듯 멍한 표정으로- 싱크홀의 가장자리로 걸어갔다.

하지만 마지막 한 걸음은 끝내 내딛지 못했다. 두려웠다. 아니, 죽음의 고통과 세상과의 영원한 단절은 두려움 그 이상이었다.

지금까지 그토록 죽고 싶어 했으면서도 간단히 목을 매지 못한 것은, 달리는 차에 몸을 날리지 못한 것은, 높은 빌딩에서 투신하지 못한 것은, 독이나 제초제를 마시지 못한 것은, 바로 그 원초적인 두려움 때문이었다. 죽음과 단절이 가져오는 고통과 허무 말이다.

"그래, 씨발! 나는 이 정도밖에 안 되는 병신이다. 살 거다. 어떻게든 산다. 구걸을 하든, 도둑질을 하든 나는 죽지 않는다. 이게 내 진짜다! 어쩔 테냐!"

…….

끈질기게 달라붙던 아픈 기억들도 이 순간만큼은 잠잠했다.

거칠게 숨을 몰아쉬던 강유진이 돌아섰다.

당장 차에 시동을 걸어 서울로 올라갈 생각이었다.

절망 끝에 내몰린 어울리지도 않는 귀농은 이것으로 끝이다. 이제는 무슨 일이든 다시 시작할 마음의 준비가 되어 있다.

하지만 그건 어디까지나 강유진의 각오일 뿐.

휘이잉.

갑자기 몰아닥친 강풍에 강유진의 상체가 뒤로 꺾였다.

"어어?"

한순간 균형을 잃은 강유진의 몸이 눈 깜짝할 사이에 구멍 속으로 떨어졌다.

"으아아악!"

강풍에 강유진의 비명이 흩어졌다.

하얀 달빛이 찌그러진 집과 마당에 뚫린 구멍으로 쏟아져 내렸다.

4월의 마지막 밤에 생긴 일이었다.

* * *

"으으음……."

신음과 함께 강유진이 눈을 떴다. 아무것도 보이지 않았다.

당황한 강유진은 몇 번이나 눈을 깜빡였다. 하지만 여전히 짙은 어둠뿐이다. 시간이 지나면 나아지려니 생각했다. 그러나 아무리 기다려도 어둠은 눈에 익지 않았다. 그제야 자신이 싱크홀의 구멍 속으로 떨어졌다는 사실을 깨달았다. 다급해진 강유진은 본능적으로 손발을 조금씩 움직였다.

"어허!"

강유진의 입에서 비명이 흘러나왔다. 손과 발에 닿는 느낌이 없다. 마치 우주인들처럼, 자신은 암흑의 공간에 떠 있었다.

"미치겠다……. 설마 지옥인가?"

순간 강유진은 자신이 죽었다고 생각했다. 그렇지 않고서야 이런 일이 일어날 리가 없지 않은가?

드디어 죽었다고 생각하니 가슴이 먹먹해진다.

하필이면 악착같이 살아보겠다고 다짐한 순간에 죽게 되다니? 억울하고 분했다. 이렇게 덧없이 죽을 줄은 몰랐다. 생각할수록 서러웠다. 마지막까지 최선을 다해 살았어야 하는데 그러지 못했다. 자신은 들판의 무성한 잡초보다 못한 인생을 살았던 것이다.

눈물이 주르륵 흘러내렸다. 때늦은 반성이라고 생각하니 더 눈물이 났다.

한참을 울던 강유진은 −바닥이 어느 방향인지 모르지만− 가만히 누워서 다음 단계의 진행을 기다리기로 했다. 빛의 통로가 나타날까? 무저갱으로 빨려 들어갈까? 자신이 떠 있는 이 자리가 사람들이 말하던 연옥(煉獄)일까? 큰 죄를 지은 기억도 없지만, 인생을 허비했다고 마음이 무거웠다.

"하아! 응?"

무심코 팔짱을 끼려던 강유진은 급히 자신의 상체를 더듬었다. 표면이 방수처리 된 스포츠 점퍼가 만져졌다. 이건 하나뿐인 외출복이다. 사후세계가 어떤 곳인지는 모르겠지만, 이건 아니라는 생각이 든다. 팔목에 붙은 칙칙이를 떼어 보았다.

찌이익.

익숙한 소리와 함께 소매가 헐렁해졌다.

"뭐, 뭐냐? 이건?"

유령의 복장이라고 하기에는 너무 사실적이다. 강유진이 고개를 갸웃거렸다. 그러고 보니 배도 고픈 것 같다.

살짝 가슴이 뛴다. 아직 살았을지도 모른다는 생각에서다.

만약 죽지 않은 거라면?

심장이 격하게 요동치며 팔다리에 힘이 들어갔다.

그럼 후회 없이 살아갈 테다. 그런 삶을 살았다면 천국이든 지옥이든 두렵지 않으리라.

한동안 허공에서 버둥거리던 강유진은 움직임을 멈추었다. 그리고 차분하게 자신이 놓인 상태를 생각하기로 했다.

우우웅.

지구의 심장소리 같다고 생각했던 소리가 다시 들려왔다. 의외로 그 소리는 아래쪽이 아니라 옆에서 들려오고 있었다.

강유진은 팔다리를 허우적거렸다.

소리가 들려오는 방향으로 이동하려는 것이다.

마치 우주공간을 유영하는 우주인처럼 강유진의 몸이 조금씩 한쪽으로 움직였다.

우우우웅.

가까이 갈수록 소리는 더욱 커졌다.

강유진은 저 소리의 진원지가 자신의 몸을 허공에 떠 있게 만드는 것이라고 생각했다. 소리가 커질수록 손발에 와 닿는 공간의 밀도가 더욱 높아졌던 것이다.

마침내 어둠 속의 공간이 젤리처럼 분명하게 느껴졌다. 강유진이 어설프게나마 두 발로 서 있을 수 있을 정도로 말이다.

빛이 없으니 눈앞에 뭐가 있는지도 모른다.

하지만 강유진은 자신이 싱크홀의 벽에 다가갔다고 생각했다. 자신의 거친 숨소리가 조금씩 강하게 울리고 있었기 때문이다.

"응?"

손에 뭔가 딱딱한 게 닿았다. 그것은 차가운 금속의 일부였다.

금속에 손이 닿는 순간 기이한 울림은 거짓말처럼 사라졌다. 마치 부모의 손길을 기다리던 어린아이 같다는 생각이 들었다.

강유진은 두 손으로 벽을 팠다. 금속의 테두리가 더욱 선명하게 만져졌다.

잠시 후 흙 속에서 슬림형 노트북 크기의 금속판이 나왔다.

근처에서 또다시 뭔가가 울었다.

강유진은 서둘러 소리가 나는 곳을 파나갔다.

십 분이 지나자 강유진은 흙 속에서 금속판 세 개를 파낼 수 있었다.

세 개의 금속판이 전부였던 듯 간헐적으로 울리던 울림은 완전히 멎었다.

그래도 혹시나 싶어 근처를 더듬었지만 더 이상의 금속은 만져지지 않았다.

강유진은 멍한 얼굴로 품 안에 있는 세 개의 금속판을 쓰다듬었다.

차갑지만 기분이 좋을 만큼의 부드러운 감촉이 느껴졌다. 그럴 리는 없지만 이건 마치 개나 고양이를 안고 있는 느낌이다.

"확실히 나는 죽지 않은 거로군."

여기가 저승세계라면 이런 금속판 따위는 없었을 것이다.

하지만 21세기를 살아가는 사람으로 자신의 상황을 이해하기는 어려웠다. 일단 자신이 떨어진 깊이라면 죽어도 열 번은 더 죽었어야 한다. 그럼에도 자신은 보이지 않는 그물에 걸린 것처럼 둥둥 떠 있다. 지구 내부에 아직 알려지지 않은 현상이 있을 수 있으니 그렇다고 치자. 이 정도 깊이라면 고고학적으로 수만 년, 아니 어쩌면 수십만 년 전의 시대일 것이다. 그런데 인공적으로 만든 것이 분명한 이 세 장의 금속판은 또 뭐란 말인가?

파팟.

"헛!"

마치 카메라 플래시가 터지듯 눈앞에서 섬광이 번쩍였다. 순간 흑백영화의 한 장면처럼 뭔가가 머릿속을 스치고 지나갔다.

깊은 어둠과 어린 아기.

너무도 찰나지간의 일이라 강유진은 자신이 충격으로 헛것을 보았다고 생각했다.

"올라가자."

강유진이 고개를 들어올렸다.

까마득히 먼 곳에 십 원짜리 크기의 흰 점이 보였다. 아까까지만 해도 저런 빛은 없었다. 어쩌면 날이 밝아 오고 있는지도 몰랐다.

강유진은 세 장의 금속판을 스포츠 점퍼 안에 조심스럽게 넣었다.

그리고 치렁치렁하게 늘어져 있던 허리 조임끈을 단단히 묶었다. 금속판이 가벼워서 이렇게만 해도 흘러내릴 염려는 없었다. 그러고도 안심이 안 되어 지퍼를 목 아래까지 바싹 올렸다. 아래위를 단단히 봉하자 겨우 마음이 놓였다.

준비를 마친 강유진은 마치 암벽을 등반하는 사람처럼 흙벽을 더듬어 잡았다. 곧이어 손가락에 힘을 주어 끌어당겼다.

순간 상체가 가볍게 위로 떠올랐다.

"휴우! 다행이다."

강유진은 한 손으로 자신의 가슴어림을 쓰다듬었다. 금속판은 마치 SF영화에 단골로 등장하는 반중력 물체 같았다. 그게 아니었다면 무슨 수로 직각의 흙벽을 오른단 말인가? 암벽등반이라고는 영화로 본 게 전부인 자신이 말이다.

지상으로 다시 나갈 수 있다는 확신이 들자 기운이 솟았다.

아무리 힘이 들지 않는다 해도 팔로 장시간 걷는 것은 힘든 일이었다. 두 시간 가까이 올라갔지만 구멍은 농구공만 하게 보일 뿐이다. 대체 얼마나 더 올라가야 지상이 나올까? 너무 끝이 보이지 않자 강유진은 애써 위를 쳐다보지 않으려 했다.

하지만 다시 한 시간이 지나자 고개가 젖혀졌다. 여전히 빛이 쏟아져 들어오는 구멍은 농구공 크기였다. 못해도 2킬로미터 이상을 올라온 것 같은데 크기에 변화가 없다니? 품 안에 있는 금속판이 아니었다면 어찌어찌 살았어도 결국 지하에서 죽었을 거라는 생각이 든다.

온몸이 땀으로 뒤범벅되었지만 강유진은 멈추지 않았다. 누군가 대신해 줄 수 있는 일이 아니다. 그나마 다행인 것은 잠시 쉬어갈 때 흙벽에 몸을 고정하지 않아도 된다는 사실이다. 금속판에 담긴 중력을 제어하는 힘이 강유진의 몸을 지탱시켜 준 까닭이다.

비록 두 손에 자신의 무게가 느껴지지 않았지만, 두 팔이 움직인 거리만큼 이동한다는 사실은 불변이다. 강유진은 빠질 것 같은 두 팔을 주물러 가며 계속 올라갔다.

얼마나 시간이 지났을까?

두 팔의 근육이 마비가 되어 더 이상 오도 가도 못하게 됐을 때다.

위에서 불어온 바람에 정신이 번쩍 들었다.

팔을 축 늘어뜨리고 있던 강유진이 다시 고개를 들어올렸다. 농구공만 하게 보이던 하늘이 두 눈에 가득 들어왔다. 그리고 보니 어느새 사방의 흙벽도 제 모습을 드러내고 있었다. 눈으로 가늠해 보니 지상까지 남은 거리는 50미터 안팎이다.

희망이 보인다. 체력이 고갈된 터라 남은 50미터는 정신력으로 올랐다. 감각이 사라진 두 팔을 교대로 뻗어 조금씩 움직였다.

강유진이 다시 지상으로 올라왔을 때는 정오 무렵이었다.

"아하하하!"

강유진은 마당에 대자로 누워 미친 듯이 웃었다. 말 그대로 지옥에서 살아 돌아온 느낌이다. 수중에 동전 하나 없었지만 모든 것을 가진 기분이다.

"하아! 좋은 날씨구나!"

물론 현실은 전혀 그렇지 못했다. 여전히 살을 에는 듯 추운 날씨에 하나뿐인 집은 잔뜩 뒤틀린 상태다. 하지만 강유진은 전과 달리 유쾌했다. 가슴은 고교 시절 첫 미팅을 나갈 때처럼 미래에 대한 희망으로 부풀어 올랐다.

잠시 숨을 돌리고 있을 때다.

멀리서 두런거리는 사람들의 소리가 들려왔다. 사람들이 집 근처로 몰려오다니? 반년 만에 처음 있는 일이다.

강유진은 자리에서 벌떡 일어나 지프차로 걸어갔다.

뒷문을 열자 그동안 작업복으로 쓰던 더러운 옷가지들이 보였다.

강유진은 품 안에서 금속판들을 꺼내 옷으로 둘둘 말았다. 아직 확실한 것은 몰랐지만 최소한 중력을 제어하는 금속들이다. 이 세상의 금속에 담긴 신비를 푸는 것이 자신의 운명일지도 모른다. 귀농보다는 그쪽이 더 마음에 들었다.

마을 노인들을 앞세워 찾아온 사람은 지진피해를 조사하던 공무원이었다.

그는 뒤틀린 집과 마당의 구덩이를 보고는 혀를 내둘렀다. 그리고 이내 디지털 카메라로 집과 구덩이의 사진을 찍어댔다.

노인들은 뒤틀린 집과 구덩이를 손으로 가리키며 연신 머리를 저었다. 저렇게 흉한 일은 처음 본다는 표정들이다.

갑작스러운 사람들의 방문으로 정신이 없었지만 그래도 소득은 있었다. 지난밤에 일어난 일들을 어느 정도 객관적으로 알게 된 것이다. 노인들의 말에 의하면 이번 지진으로 내와리의 주택 열세 채가 파손됐다. 그래도 다행히 인명 피해는 없었단다. 그중 열 채가 사람이 살지 않는 폐가(廢家)였기 때문이다. 노인들끼리 나누는 말을 들어보니 이번 지진으로 가장 큰 피해를 입은 사람은 자신이었다. 집이 뒤틀리고 마당에 수키로 깊이의 구덩이가 생겼으니 그럴 만도 했다.

십 분 동안 주변을 돌며 현장 사진을 찍던 사내는 곧 피해보상이 있을 거라는 격려와 함께 떠나갔다.

노인들도 마치 새끼오리들처럼 우르르 그를 따라갔다.

*　　*　　*

강유진은 폐교된 초등학교에 마련된 임시구호소로 거주지를 옮겼다.

원래는 집이 부서진 세 가구의 사람들도 있어야 하지만 구호소에서 생활하는 사람은 강유진뿐이었다. 피해를 입은 다른 주민들은 마을에 있는 친척들의 집으로 갔다. 구호소라고 이름은 그럴듯했지만 실제로는 허름한 교실 하나를 내준 것에 불과한지라 누구도 들어가 살려고 하지 않았던 것이다.

덕분에 강유진은 호젓한 생활을 즐길 수가 있었다. 게다가 긴급구호식품 덕분에 굶주림까지도 피할 수 있게 되어 행복하기까지 했다.

재앙도 그렇지만 행운도 연달아 찾아오나 보다.

사흘 후 면사무소에서 연락이 왔다.

지질을 연구하는 정부기관에서 땅을 사기로 했는데, 고맙게도 뒤틀린 건물까지 인수하기로 했단다. 면사무소에서 알려준 조립주택의 평가액은 1,200만 원이었다.

강유진이 흐뭇한 눈으로 교실을 둘러보았다.

비록 전기온돌이지만 따뜻한 바닥에, 한쪽에는 구호식품이 가득했다. 먹을거리가 떨어져서 오늘내일하던 며칠 전과 비교하면 그야말로 하늘과 땅 차이라고 할 수 있었다.

게다가 자신에게는 초고대문명의 유물이 있다. 남이 알면 거짓이니 사기니 말할지라도 자신은 안다. 그 깊은 구덩이에서 살아나

올 수 있었던 것은 유물의 힘이었다. 그리고 그 유물은 수만 년 혹은 수십만 년 전의 지층에서 나온 것이 분명했다. 구멍에 빠진 사람이 자신이니 거짓일 리가 없지 않은가!

강유진은 커튼을 쳐서 밖에서 안을 들여다볼 수 없게 했다. 물론 근방에 제대로 된 인가(人家)는 남아 있지 않았다. 혹 누군가 살고 있다 해도 이 늦은 밤에 폐교된 학교까지 찾아올 리 없지만, 유비무환이라고 하지 않던가!

"이건 분명 오파츠(OOPARTS)다."

강유진이 더러운 옷가지를 풀며 중얼거렸다.

대학생 시절 UFO 연구에 빠진 적이 있다. 그때 온갖 희귀한 사진과 동영상을 접했다. 초고대문명에 대한 것도 그즈음에 알았다. 오파츠란 Out of Place Artifacts의 약자로, 고고학이나 고생물학 등에서 가끔씩 튀어 나오는 '그 시대에 나타날 수 없는 유물'을 설명하기 위해 만든 용어였다.

예컨대 오파츠란 이런 것들이다. 탄소 연대 측정상 12만 년 전의 것으로 밝혀진 나무창이 유럽에서 발굴된 코끼리의 몸통 안에서 나왔다. 진화론자들에 따르면 인간이 집단을 이루어 동물을 사냥한 것이 4만 년 전이니, 나무창은 설명이 안 되는 물건이다.

터키에서 발견된 기원전 3,000년 전의 우주선 조각상도 그렇다.

고대 마야유적이나 아즈텍을 비롯한 남미에서 발견되고 있는 수정 해골도 설명하기 난해한 것들이다. 수정의 경도는 모스 경도 7도로 현대의 장비로도 그처럼 정교하게 깎아낼 수는 없다고 한다.

1949년 팔렝케에서 발견된 우주선이 그려진 석관은 세계적으로 유명한 것이다.

키가 수십 미터에 달하는 거대한 인간의 화석은 애교다. 공룡의 발자국 화석 옆에 인간의 구두 발자국 화석이 함께 발견된다든지, 공룡시대의 지층에서 돌연 밥그릇이 나오기도 하고, 고대의 피라미드에서 정체불명의 금속 디스크와 정교한 나사, 볼트류가 출토되기도 한다. 그런 것들은 모두가 그 시대에 어울리지 않으므로 오파츠라고 할 수 있다.

남아프리카에서는 30억 년 전의 금속 구체가, 런던 인근에서는 1억 4천만 년 전 백악기 시대의 지층에서 쇠망치의 화석이 발굴되기도 했다.

오파츠는 그 생성 시기에 따라 제1종 오파츠와 제2종 오파츠로 구분된다. 제1종은 약 10만 년 전 이상의 것이고, 제2종은 10만 년 이하에서 몇천 년 전까지의 것이다. 그러니 지금 자신에게 있는 오파츠는 제1종에 해당되는 것이라고 할 수 있었다.

강유진은 금속판 한 장을 들고 이리저리 살펴보았다. 오파츠인 건 알겠는데, 문제는 이게 어디에 쓰이는 물건이냐는 것이다.

가로가 18센티에 세로가 20센티, 각각의 두께는 1센티미터인 파란빛의 금속판이다. 전체적으로 보면 작은 책 한 권과 비슷한 크기였다. 하지만 책과는 달리 정체를 알 수 없는 부드러운 느낌의 금속재질이다. 푸른 바다 빛깔의 금속판 표면에는 기하학적인 문양이 음각되어 있었다.

세 장의 금속판에 새겨진 문양은 모두 달랐다. 뭔가를 나타내고 있는 것 같은데, 지금으로서는 짐작조차 되지 않았다.

형광등 아래서 앞뒤를 뒤집어 보던 강유진은 머리를 설레설레 저었다.

아무리 상상력을 동원해 봐도 금속판의 용도를 알 수가 없다.

강유진은 금속판을 들고 제자리에서 살짝 뛰었다.

하지만 이게 웬일? 몸은 허공에 멈추지 않고 바닥으로 떨어져 내렸다. 중력을 제어하던 신비한 힘이 사라져 버린 것이다.

강유진이 살짝 인상을 찡그렸다.

이래서는 이상한 문양이 새겨진 금속판에 불과하다.

다시 한 번 전처럼 금속판을 가슴에 품었다. 그리고 창틀에 -군대에서 말하는 매미처럼- 매달렸다. 하지만 얼마 버티지 못하고 바닥으로 툭 떨어져 내리고 말았다. 잠깐 동안이지만 팔이 뻐근했다. 금속판을 지녔음에도 중력이 제대로 작용하고 있었다는 뜻이다.

강유진의 표정이 어두워졌다.

금속판에 어떤 변화가 생긴 모양이다. 중력의 제어를 더 이상 하지 못한다고 생각하니 큰 손해를 본 기분이다. 주식투자를 하다가 전 재산을 날리면 이런 기분이 들까?

"하아! 이젠 어쩐다."

금속판을 앉은뱅이 탁자에 다시 올려놓았다.

몇 번을 다시 봐도 눈앞에 있는 저 세 장의 금속판은 대단한 것들이다. 하지만 그것이 아무리 뛰어난 가치를 지녔다고 해도, 자신의 삶에 직접적인 영향을 미치지는 못한다면, 죽어버린 현대의 종교와 같았다. 정말 오파츠는 신기한 것 이상의 의미는 없을까?

막막한 느낌이다. 조금 전까지 팽팽하게 돌아가던 생각도 한순간 멈추었다. 오파츠를 처음 발견한 뒤에 급조된 -그럼에도 불구하고 상당히 복잡했던- 계획이 초기화 된 까닭이다. 지금의 자신은 보상금을 기다리고 있는 백수에 불과했다.

강유진이 넋 나간 모습으로 금속판을 내려다보았다.

마치 한창 웹서핑 도중에 갑작스런 정전으로 컴퓨터의 전원이 나가버린 것처럼, 쓸쓸하고 적막하기까지 하다.

좋은 꿈을 꾸다가 강제로 깨어난 기분이랄까.

"하하……."

희망과 절망 사이에서 외줄타기를 하는 것 같은 자신의 모습에 괜히 웃음이 나왔다. '후회가 남지 않게 열심히 살아보자' 던 희망찬 다짐이 고작 사흘 만에 좌절로 바뀌는 순간이다. 자신이 이렇게 의지박약(意志薄弱)한 인간이었을 줄이야!

"아아, 좀 한심하군……."

강유진이 자리에서 일어나 교실 밖으로 나갔다.

5월임에도 불구하고 밖은 초겨울처럼 추웠다. 이상기온이라는 말이 실감나는 저녁이다.

찬바람을 맞으며 운동장을 한 바퀴 돌았다.

심란하던 마음이 조금 가라앉았다.

그러고 보면 '초고대문명의 유물을 연구하겠다'는 생각 자체가 코미디였다. 고대의 금속을 연구할 과학 장비가 있는 것도 아니고, 전공도 과학과는 거리가 멀었다. 땅 밑에서 신비의 금속판을 발견한 순간 어쩌면 환타지적인 망상에 사로잡혔는지도 모른다. 암울한 현실에서 탈출하고 싶은 욕망이 옆에서 부채질을 했을 것이다. 이것이라면 자신의 삶을 바꿔줄 것이라고 말이다.

다시 운동장을 돌았다.

그리고 자기 자신에게 속삭였다.

처음의 다짐대로 현실에 충실해야 한다고.

오파츠는 신비로 남겨 두는 것이 정신건강에 좋다고.

공자(孔子)처럼 괴력난신(怪力亂神)과 거리를 두어야 한다고.

그것이 1,200만 원으로 재기해야 하는 백수의 현실인 것이다.

하지만 '오파츠를 포기하고 현실에 집중해야 한다'고 수없이 되뇌었지만, 가슴이 도무지 납득하려 들지 않았다.

운동장을 몇 바퀴나 돌았을까? 다리가 아파올 무렵 강유진은 한

가지 사실을 깨달았다. 그것은 자신이 오파츠를 포기하지 못한다는 것이다. 단 한 번의 접촉이었지만 이미 오파츠는 자신의 남은 인생 전부를 집어삼킨 뒤였다. 그런데 그것이 잘못됐다는 생각은 들지 않았다.

"그래, 이미 나는 오파츠를 알아버렸다."

강유진은 비록 오파츠로부터 얻을 수 있는 게 없다 하더라도 후회하지 않기로 했다. 최소한 다른 사람들보다 더 진실에 가까운 삶을 살았으니 그것으로 족하지 않은가? 현생 인류가 3~4만 년 전에 출현했다고 알고 있는 인간들 속에서 수십만 년 전의 오파츠를 소유했다. 그 바람에 자신은 이미 21세기의 과학과 종교로 규정한 인식의 틀을 넘어 버렸다. 당연히 우주와 인간을 보는 눈도 바뀌었다. 여기서 뭔가를 더 바라는 것은 지나친 욕심이다.

오파츠의 신비에 집착하지 말고 담담하게 받아들이자고 생각하니 머리가 맑아진다. 오파츠에 대한 환타지적인 기대를 버리자 오히려 현실이 편안하게 다가왔다.

달빛이 밝았다.

강유진은 우두커니 서서 달을 올려다보았다.

유년기에는 달에 옥토끼가 살고 있다고 믿었다.

하지만 어른이 된 지금은 안다.

달은 지구로부터 38만 4,400킬로미터 떨어진 곳에 있는 기묘한 위성이다. 달과 지구의 거리는 지구에서 태양까지 거리의 400

분의 1이고, 달의 크기는 태양의 400분의 1이다. 그래서 지구에서 본 달의 시지름(지구에서 본 천체의 겉보기지름)은 대략 30도, 이는 지구에서 보는 태양의 시지름과 비슷해서 개기일식이나 개기월식 등의 현상이 일어난다.

달과 지구의 생성시기가 비슷하다는 전제하에 월석을 분석해서 추론한 지구의 나이는 대략 45억 년.

그 긴 세월 동안 지구에서는 대체 무슨 일이 일어났던 것일까?

아니 지구와 달은 정말 비슷한 시기에 생성된 걸까?

공룡은 중생대(2억 2,500만 년 전~약 6,500만 년 전), 인류의 조상은 공룡의 멸망 이후인 신생대(6,500만 년 전~현재)에 등장했다고 배웠다. 우리와 같은 현생인류의 출현은 4만 년쯤 전으로 알려져 있다. 4만 년 전까지 인간과 짐승의 경계는 모호했다는 뜻이다.

그런데 지금 자신에게는 ―그 매장된 깊이로 보아― 수십만 년도 더된 것으로 보이는 오파츠가 있다. 반나절 가까이 기어 올라왔으니 그 깊이는 상상초월이다. 오파츠가 아니었다면 살아 돌아오지 못했을 것이다. 그제야 오파츠에는 중력제어의 능력만 있던 게 아닐지도 모른다는 생각이 들었다.

지진이 난 지 열흘 만에 통장으로 1,200만 원이 입금되었다. 입금자는 한국응용지질연구소였다.

돈이 입금된 뒤로 면사무소의 직원이 들락거리며 앞으로의 계획을 물었다. 대놓고 말은 하지 않았지만 임시구호소에서 그만 나가줬으면 하는 눈치다. 집값도 100% 보상받았으니 이제는 살길을 스스로 찾으라는 것 같았다.

강유진은 딱히 탑골에 지인이 사는 것도 아닌지라 서울로 올라갈 생각이었다. 그래도 선뜻 구호소를 떠나지 못하는 것은 아직 서울에서 뭘 할지를 정하지 못했기 때문이다. 목표도 없이 무작정 서울로 갔다가 다시 방황하고 싶지는 않았다. 사실 그럴 만한 금전적인 여유도 없었다.

돈이 입금되자 가장 먼저 정지당한 휴대전화를 다시 살렸다. 칩거할 생각이 아니라면 외부와 소통할 수 있는 수단이 있어야 한다는 생각에서다. 물론 1년 이상 사용하지 않았던 전화인지라 아직은 시계에 불과했지만 기분은 좋았다.

제4화

한국응용지질연구소

6월이 되자 면사무소 직원의 표정이 눈에 띄게 팍팍해졌다. 강유진은 더 이상 견디지 못하고 구호소를 떠나기로 했다.

짐이라고 해봐야 옷가지 몇 벌을 담은 배낭이 전부였다. 물론 그냥 옷이 아니라 오파츠를 몇 겹으로 싼 옷이다.

정오 무렵 강유진은 배낭을 지프차에 싣고 탑골로 향했다. 인생의 전환점이 되어준 집을 둘러보고 싶어서다. 물론 마당에 뚫린 구멍을 다시 보고 싶다는 마음도 없지 않았다.

하지만 전과 달리 강유진은 자신이 살던 집의 근처에도 갈 수 없었다. 조립주택을 중심으로 사방 500미터 정도가 이중의 철조망으로 막혀 있었던 것이다.

철조망 안으로 날렵하게 생긴 현대식 건물이 세 채 보였다. 자신의 조립주택은 이미 철거됐는지 보이지도 않았다.

싱크홀로 생성된 구멍이 있던 자리는 공사장처럼 가림막으로 가려져 있었다.

옛 집터를 바라보며 씁쓰름한 미소를 짓던 강유진은 지프차로 돌아갔다.

그리고 막 시동을 걸려는 순간이다.

"잠시만요!"

멀리서 맑은 음색의 외침이 들려왔다.

고개를 돌리니 정문 앞에서 한 여자가 손을 흔들고 있다.

강유진은 상대가 가까이 다가오기를 기다렸다. 아무래도 면소재지까지 태워 달라는 부탁을 하려는 것 같았기 때문이다.

그런데 가까이 다가온 삼십 대 초반의 여자는 의외의 말을 했다.

"혹시 강 선생님이신가요?"

"강 선생님이라니요?"

"음, 전에 여기 살던 분이 이런 차를 가지고 있다는 말을 들어서요. 강유진 선생님이 아니신가요?"

차분하게 생긴 여자가 확인하듯 다시 물었다.

강유진이 피식 웃으며 답했다.

"제가 강유진인 건 맞는데 선생님은 아닙니다."

"어머! 강 선생님 맞으시군요. 그렇지 않아도 한번 뵈러 가려던 참이었어요. 임시구호소에 계신다고 들었는데, 맞죠?"

"예, 오늘 나왔습니다."

"아! 나왔다면 이사할 곳을 정하신 건가요?"

"그건 아닙니다. 우선은 서울로 올라가서 일자리를 알아보려고요."

"그러셨군요."

여자가 고개를 주억거렸다.

"그런데 저는 왜 보려고 하신 겁니까?"

"내 정신 좀 봐. 엉뚱한 소리만 하고 있네. 저는 김미연이라고 해요. 이곳의 연구원으로 응용지질분야를 연구하고 있어요."

"이곳이라면?"

김미연이 손끝으로 정문에 큼직하게 붙어 있는 현판을 가리켰다.

"호호, 저기 보이는 한국응용지질연구소요."

"아! 그러시군요. 그런데 저는 무슨 일로?"

"저기 계신 소장님께서 선생님을 꼭 뵙고 싶다고 말씀하셨거든요."

김미연의 손끝이 하얀 건물 이층을 가리켰다. 투명한 유리창 뒤로 한 사람이 서 있는 게 보였다.

"오래 걸리지는 않을 거예요. 그냥 지진이 일어나던 날 어떤 일이 있었는지를 알고 싶으신가 봐요. 아무래도 현장을 최초로 발견한 분이 선생님이시니까요."

"알겠습니다."

대답과 함께 강유진은 조수석 의자 위에 있던 배낭을 슬쩍 밀었다.

배낭이 툭하고 바닥으로 떨어졌다. 바닥에 처박힌 배낭을 보니 구질구질한 느낌이다. 바라던 바다. 인가(人家)는 물론 오가는 사람도 없으니 도둑맞을 일도 없겠지만 그래도 모르는 일이다. 저렇게라도 응급조치를 하니 마음이 놓였다.

차에서 내린 강유진이 김미연의 뒤를 따라갔다.

응용지질연구소의 출입절차는 의외로 까다로웠다. 보다 못한 김미연이 '소장님께서 초대한 손님' 이라고 말하고 출입증을 대신 받아왔다.

"호호, 죄송해요. 외부 손님은 처음이라 경비원들이 FM대로 하는 경향이 있네요. 손님이 많아지면 융통성도 생길 거예요."

"……."

강유진은 힐끔 뒤를 돌아보았다. 이건 융통성의 문제가 아니었다. 마치 군사시설에라도 들어가고 있는 것 같지 않은가! 경비원들의 젊은 나이와 짧은 헤어스타일이 신경 쓰였다. 단순히 응용지질연구소라고 하기에는 뭔가 위화감이 든다.

'응?'

그러고 보니 자신이 통과한 저 문틀은 영화에서나 보던 금속탐지기 같다. 산골짝 외진 곳의 지질연구소에 금속탐지기라니?

배낭을 메고 오지 않기를 잘했다는 생각이 들었다.

똑똑똑.

어느새 이층에 도착한 김미연이 소장실이라고 쓰인 문을 가볍게 두드렸다.

하지만 김미연은 안쪽으로부터의 응답을 기다리지 않았다. 곧 바로 방문을 열고 씩씩하게 안으로 들어갔다.

그 뒤를 강유진이 어정쩡한 걸음으로 따라갔다.

창가에 서서 밖을 내다보고 있던 오십 대의 남자가 상체를 틀었다.

머리는 짧았지만 학자풍의 사내였다.

"하하! 어서 오십시오. 이곳의 소장으로 있는 박영찬입니다."

"강유진입니다."

박영찬이 웃으며 소파를 가리켰다.

"초대에 응해주셔서 감사드립니다. 잠시 앉으시지요."

"예."

강유진은 순순히 자리에 앉았다.

상대가 왜 자신을 만나고 싶어 하는지는 모르지만, 나름 찔리는 구석이 있는지라 최대한 조심하고 있는 것이다.

"김 박사, 함께 차라도 마시는 게 어떻겠나?"

박영찬이 김미연을 향해 부드러운 미소를 지어 보였다.

김미연은 흔쾌히 고개를 끄덕였다.

"네, 그러죠. 소장님은 아메리칸 스타일이죠? 강 선생님은 뭐로 드시겠어요?"

"저는 설탕 커피를 부탁드리겠습니다."

"네에, 설탕의 양은요? 대충?"

"적당히 단 것을 좋아합니다."

"어머, 애들처럼 마시는군요? 후훗!"

뭐가 그렇게 재밌는지 혼자서 웃던 김미연이 벽 쪽에 있는 테이블로 또각또각 걸어갔다.

박영찬 소장은 김미연이 돌아올 때까지 말없이 기다렸다.

강유진은 소장과 연구원의 행동에 고개를 갸웃거렸다. 자신에게 볼일이 있는 사람은 소장이 분명한데, 소장은 연구원이 올 때를 기다려 주고 있었다. 표정을 살피니 아무래도 연구원이 합류해야 이야기를 시작할 분위기다.

'특이한 사람들이군.'

강유진은 최대한 자연스럽게 방 안을 둘러보았다.

방 안은 일체의 꾸밈이 없었다.

한쪽 벽에 걸린 안중근 의사의 유묵(遺墨) 탁본(拓本)이 전부였다. 그 외에는 화분 몇 개가 창가에 놓여 있을 뿐이다.

유묵 탁본에 적힌 글은 人無遠慮難成大業(인무원여난성대업). 대략 '사람이 멀리 생각하지 못하면 큰일을 이루기 어렵다' 는 뜻이다.

이 궁벽한 산촌에서 소장이 이루고 싶은 일이란 뭘까? 저 글귀 하나만으로는 소장이라는 사람의 성품이나 추구하는 바를 알 수 없었다.

강유진의 시선이 어디로 향하는지 알고 있다는 듯 소장이 말했다.

"훌륭하지 않습니까? 안중근 의사께서 여순 감옥에 수감 중일 때 남긴 글이지요. 평생의 지표로 삼고 있습니다."

"그렇군요."

김미연이 커피 세 잔을 가지고 자리로 돌아왔다.

그녀가 자리에 앉자 기다렸다는 듯 박영찬 소장이 말했다.

"강 선생, 늦은 감이 있지만 지반침하가 일어나던 날의 이야기를 들려주시면 감사하겠습니다. 아시는지 모르겠지만 강 선생의 마당에 생긴 동굴은 세계에서 가장 깊은 것입니다. 그래서 최초의 발견자이신 선생에게 좀 더 생생한 이야기를 듣고 싶었습니다."

"허! 저게 세계에서 가장 깊습니까?"

김미연이 웃으며 대신 답했다.

"사람이 탐사한 동굴 중에 가장 깊은 데가 코카서스 산맥 서부 아라비카 마시프(Arabika Massif)의 크루베라(Krubera) 동굴이에요. 깊이가 무려 2,080미터나 되죠. 다국적 탐사대가 2,080미터 바닥 지점까지 내려간 것으로 알려져 있어요. 현재까지 측정된 세계에서 가장 깊은 곳은 태평양에 있어요. 괌 섬 서남쪽에 있는 마리아나 해구(Mariana Trench)의 비티아즈 해연(Vityaz deep)으로 수심이 11,034미터죠."

"……."

강유진은 놀랍다는 표정으로 고개를 끄덕였다.

오파츠가 별견된 곳만 해도 크루베라 동굴보다 깊었다. 그렇다면 저 구멍의 깊이는 어느 정도나 되는 것일까?

"그런데 선생님의 마당에 생긴 동굴은 비티아즈 해연보다 깊을

지 몰라요. 현재 색측심법(Line sounding method, 줄을 이용한 측정)이나 음향측심법(Echo sounding method, 소리를 이용한 측정)은 물론 낙하와 온도, 진동수까지 광범위하게 조사를 하고 있는데, 답이 나오지 않아요. 올해까지 우리가 정밀조사를 해보고, 내년에는 다국적 연구팀이라도 꾸릴 생각이에요."

강유진은 눈앞의 연구원이 하는 말을 모두 알아듣지 못했지만, 그녀의 흥분된 목소리로 마당에 뚫린 구멍의 가치를 대충이나마 짐작할 수 있었다. 하기야 그 정도 가치가 없었다면 망가진 집까지 구매하지는 않았을 것이다.

"강 선생은 크게 놀라지 않으시는군요?"

소장이 날카로운 눈빛으로 강유진을 바라보았다.

내심 뜨끔해진 강유진이 웃으며 말했다.

"하하, 저도 상당히 깊을 거라는 생각은 하고 있었습니다. 깊이가 궁금해서 돌을 던져 보았는데 바닥에 닿는 소리가 들리지 않더군요."

"혹시 강 선생께서는 저 아래로 내려가 본 적이 있습니까?"

"……."

단도직입적인 소장의 말에 강유진은 심장이 덜컹 내려앉는 것 같았다. 저 아래는 싱크홀의 내부를 의미하는 것이리라. 소장은 마치 '우리는 네가 한 일을 다 알고 있다'는 표정이었다. 하지만 조금만 생각해 보면 소장의 질문이 얼마나 터무니없는 것인지를 알 수 있다. 세계에서 가장 깊다는 구멍을 무슨 수로 들어간단 말인가?

"하하, 슈퍼맨이라면 모를까, 저 같은 일반인이 어떻게 내려갈 수 있겠습니까?"

"역시 그렇겠지요? 처음 발견한 이야기를 좀 들려주십시오. 지진과 함께 어떤 특별한 느낌이나 기억에 남는 일은 없었는지 말입니다."

강유진은 지진이 지나간 뒤에 집밖으로 나갔다가 저 구덩이를 발견했노라고 최대한 평이하게 설명했다.

말을 듣는 내내 소장은 아쉬운 표정이었다.

이야기가 다 끝나자 김미연이 탄성을 흘렸다.

"아! 안타까워요. 뭔가 재밌는 에피소드라도 있었으면 더 좋았을 텐데……."

"에피소드요?"

강유진이 의아한 얼굴로 김미연을 바라보았다. 그녀가 왜 에피소드를 원하는지 알 수 없었기 때문이다.

잠시 망설이던 김미연이 웃으며 박영찬을 바라보았다.

"소장님, 말씀드려도 되죠?"

"최초의 발견자이시니 그 정도는 알 권리가 있지요."

소장의 말에 김미연의 표정이 밝아졌다.

"세계 최대 깊이의 동굴에 이름이 없어서는 안 되잖아요. 그래서 공식문서에 기록하기 전에, 최초의 발견자이신 강 선생님과 마을 이름을 두고 한동안 우리끼리 말이 많았어요."

"아!"

"유진케이브(Eugene Cave)와 타워케이브(Tower Cave) 모두 그럴싸했지만…… 점점 타워케이브로 의견이 모아지고 있는 중이랍니다. 사실 일반적으로 이런 경우는 지역명을 따기도 하고요. 만약 발견 과정에 특별한 에피소드가 있다면 유진케이브도 생각해 볼 수 있는데…… 아니시라니……."

김미연이 말끝을 흐렸다. 특별한 일이 있으면 숨김없이 말해달라는 표정이다.

강유진은 다소 소박한 연구원의 말에 오히려 긴장했다. 소장과 연구원 모두가 어떤 특별한 이야기를 원하고 있다는 생각에서다. 자신이 구멍 안에 무슨 흔적이라도 남겼던 것일까? 워낙 정신없이 올랐던 터라 기억도 나지 않았다.

"하하! 저는 괜찮습니다. 딱히 기억나는 에피소드도 없고, 모르는 사람들 입에 제 이름이 오르내리는 걸 좋아하지도 않으니 신경 쓰지 마십시오."

강유진은 딱 잡아뗐다. 그깟 명칭이 뭐 그리 대단하다고.

…….

강유진이 커피잔을 들어 가볍게 입술에 댔다.

어느새 커피는 차갑게 식어 있었다.

대화가 끊어지자 강유진이 자리에서 일어섰다.

작별인사를 하는 강유진에게 박영찬 소장과 김미연 연구원이 각자 자신의 명함을 건넸다.

강유진은 두 사람의 명함을 주머니에 넣고 간단하게 목례를 해 보였다.

"그럼 이만 가봐야겠습니다. 수고들 하십시오."

박영찬 소장은 방 안에서 인사를 했지만, 김미연 연구원은 정문까지 배웅을 했다.

다시 돌아온 김미연에게 박영찬 소장이 물었다.

"저 남자, 김 박사가 보기에는 어떻습니까?"

"저는 그냥 평범해 보이던데요. 군인의 직감으로 뭔가 특별한 분위기가 느껴지던가요?"

"나도 별 느낌은 없었습니다. 하지만 한 번의 접촉으로 모든 것을 알아낼 수 는 없으니까……. 좀 두고 보십시다."

"그런데 다시 만날 일이 있을까요? 강유진 씨는 이곳을 정리하고 서울로 간다는데……."

"필요하다면 회사에서 연결해 줄 겁니다. 그건 그렇고, 본격적인 연구는 언제부터 진행이 되는지 알고 있습니까?"

"어머, 연구는 이 주일 전에 시작되었는데요?"

"흠! 표현에 문제가 있었군요. 정정하지요. 영상으로 확보한 물체들의 채집과 연대 측정은 언제부터 시작한다고 합니까?"

"채집과 측정은 장비가 세팅이 되어야 하니까 한 달 후에나 시작하게 될 거예요."

"나도 최 박사에게 한 달 후라는 말은 들었습니다. 지금 내가 알고 싶은 것은 더 앞당길 수 없겠는가 하는 점입니다. 연구진들과 달리 나는 매일 유선보고를 올리고 있는 입장이라서……."

박영찬 소장이 말끝을 흐렸다. 사실 본사에서 '놀고 있는 건 아니냐'는 소리를 여러 번 들었지만 그런 말까지 상대에게 할 수는 없었다.

"소장님도 아시다시피 저 동굴은 수직으로 뚫려 있어요. 암벽등반가의 도움 없이는 접근조차 할 수 없을 거예요. 아무리 급하다고 해도 적임자를 물색하고, 기중기(起重機)를 설치하는 일을 날림으로 할 수는 없잖아요. 최 팀장님 말씀대로 목숨이 걸린 일이니 신중할수록 좋다고 생각해요."

"흐음! 알겠습니다."

잠시 뭔가를 생각하던 박영찬 소장이 입을 열었다.

"김 박사께서는 다른 외부 계약직 직원과 상황이 조금 다르지요? 회사에서는 이번 연구를 예의주시하고 있습니다."

"알고 있어요. 강유진 씨를 섭외해 오는 일도 그래서 맡기신 거잖아요."

"내가 서두르는 것은 단순히 결과를 빨리 알고 싶어서가 아닙니다. 백운산 인근에서 미세한 지진파가 감지되고 있다는 보고가 들어왔어요. 자칫 잘못하다가는 시작도 못해 보고 연구소의 문을 닫게 될 수도 있는 상황입니다. 사실 이번 연구는 나 같은 군 출신보다 지질학자들에게 더 황금 같은 기회가 아닙니까?"

"아! 그 부분은 미처 신경 쓰지 못했네요. 팀장님께 말씀드려 볼게요."

"아무쪼록 때를 놓치고 후회하는 일이 없기를 바랍니다."

"네."

묵묵히 모니터를 바라보던 박영찬 소장이 갑자기 물었다.

"김 박사는 이게 뭐라고 생각하십니까?"

김미연이 박영찬의 옆으로 다가가 책상 위의 LCD모니터를 바라보았다. 고해상도 탐지용 카메라에 찍힌 사진들이 편집되어 있는데, 마치 매몰된 도시의 단면처럼 돌출된 파이프가 군데군데 보였다. 그것이 넝쿨화석인지 금속재질의 무엇인지는 직접 채취를 해봐야 알 수 있을 것이다. 문제는 저것이 지하 7,000미터 아래에 있다는 점이다.

"글쎄요. 저도 몇 번을 봤지만 화면만으로는 판단하기가 어렵다고밖에는……."

"그럼, 어제 새벽에 촬영된 이것은 어떻습니까?"

박영찬 소장이 마우스를 클릭했다.

흐릿하게 배경으로만 남아 있던 사진이 클로즈업 됐다.

"어머머!"

김미연이 손바닥으로 입을 막았다. 마치 사람의 손바닥 자국처럼 보이는 음영(陰影)이 눈에 들어와 놀란 것이다.

"설마 화석(化石)인가요?"

"후후, 지질학을 전공하신 김 박사께서 군인에게 물어볼 질문은 아닌 것 같군요. 어쨌든 만약 저것이 인간의 손바닥 화석이라면 인류에 대한 기록은 모두 다시 쓰여져야 할 겁니다. 조금 더 보시겠습니까? 지금 보는 것들은 모두 일급기밀에 속하는 것들입니다."

박영찬 소장이 키보드를 두드리자 화면이 재구성되었다. 손바닥 자국은 규칙적으로 위쪽을 향해 찍혀 있었다.

"어, 어떻게 저럴 수 있죠?"

김미연의 눈이 휘둥그렇게 떠졌다. 수십만 년 전일 것이라 생각되는 지층에 찍힌 손바닥 화석은 어림잡아도 30개는 넘어 보였다.

"소장님, 혹시 우리 쪽 연구원들 모르게 특수부대라도 투입하셨어요?"

"하하! 김 박사, 우리에게 그럴 만한 능력이 있었다면 외부 계약직원들을 고용했겠습니까? 손자국은 영상 분석팀에서 우연히 발견해서 보내온 겁니다. 손자국의 크기가 동일한 것으로 보아 한 사람의 것이라고 하더군요. 이건 저 손자국들을 3D 동영상으로 재구성한 화면입니다."

박영찬 소장이 마우스를 클릭하자 원통형의 동굴 모양이 나타났다. 곧이어 손바닥 자국이 아래에서 위로 규칙적으로 움직였다.

"손자국이 처음 발견된 곳은 지하 6,000미터 지점입니다. 거기에서 시작해서 위쪽 2,000미터 지점까지 거의 직선으로 찍혀 있습니다. 그런데 놀랍게도 손자국 아래 3미터 지점까지 살폈지만 발을 디딘 흔적이 없었습니다. 누군지 몰라도 양손의 힘만으로 최소한 2,000미터를 수직 이동한 것입니다."

"……."

김미연이 고개를 설레설레 저었다. 있을 수 없는 일이다. 저 정도의 깊이까지 들어가려면 산소통을 비롯한 개인장비가 최소한 30킬로그램 이상 필요하다. 도우미 없이 홀로 6,000미터 아래에 내려갈 용자(勇者)도 없지만, 그 무게를 지고 양손으로 수직의 흙벽을 2,000미터나 오른다는 것도 불가능했다.

"손자국은 대략 2,000미터 구간에만 드문드문 남아 있어서…… 저것이 어디서 와서 어디로 갔는지는 알 수가 없었습니다. 하지만 분명한 것은 누군가 저 아래에 우리보다 한 발 앞서 내려간 사람이 있었다는 거지요. 물론 지하세계에서 살다가 튀어나온 존재인지도 모르지만…… 그래도 무저갱에서 올라온 사람이 있다고 믿는 것보다는, 누군가 최소한의 장비로 개인탐사를 시도했다는 추측이 더 현실적이지 않습니까?"

"아! 그래서 강유진 씨에게 그런 질문을 하셨던 거로군요."

아까 박영찬 소장이 강유진에게 '아래로 내려간 적이 있느냐?' 고 물었을 때는 농담인 줄만 알았다. 그 질문 속에 이런 비밀이 담겨 있었을 줄이야!

"그렇습니다. 나는 대화 내내 그의 상체 골격과 근육을 유심히 살펴봤습니다."

"강유진 씨가 탐사를 했을까요?"

박영찬 소장이 고개를 저었다.

"전혀 아닙니다. 현재 그의 체력으로는 불가능한 일입니다. 게다가 그에게는 첨단 탐사장비를 구입할 재정적인 여유도 없습니다."

"그랬군요."

김미연이 나직이 한숨을 흘렸다. 확실히 강유진이라는 남자는 무능력한 남자의 표상으로 보일 정도로 형편없었다.

"그런 이유로 일단 강유진을 용의선상에서는 제외시켰습니다. 그는 불과 육 개월 전에 영양실조로 쓰러져 사흘간 입원했던 사람입니다. 지금도 건강 상태가 그리 좋아 보이지는 않더군요. 그런 사람이 고난이도의 흙벽 등반을 했다고 생각하느니, UFO나 외계인의 소행이라고 보는 게 더 현실적인 추론일 겁니다."

"……."

김미연이 고개를 끄덕였다.

"어떻습니까? 김 박사가 보기에 저것은 화석입니까? 아니면 우리가 생각하는 손자국인가요?"

잠시 생각하던 김미연이 자신 없는 음성으로 답했다.

"어느 쪽이든 불가능(不可能)하고 불가해(不可解)한 영역의 일이라고 생각해요. 화석이라면 저 사람이 몇만 년의 시간 동안 존재했다는 것이니 있을 수 없는 일이고, 최근의 손자국이라 해도 그 생성 과정을 설명할 수 없으니까요."

"다 맞는 말입니다. 게다가 결정적으로 내려간 흔적이 없다는 것도 문제입니다. 무슨 귀신 놀음도 아니고 위쪽을 향한 자국만 흐릿하게 찍혀 있으니……."

"……."

멍하니 모니터를 들여다보고 있는 김미연의 귀로 박영찬 소장의 음성이 들려왔다.

"이제 우리가 서둘러야 하는 이유를 알겠습니까? 저 화석들의 실체에 접근하다 보면 우리는 21세기 과학의 한계를 뛰어넘게 될지도 모릅니다. 아니, 최소한 현대과학으로 설명할 수 없는 저 인간의 능력만이라도 알아냈으면 하는 게 솔직한 나의 바람입니다."

* * *

서울로 향하던 강유진은 어쩐지 불쾌한 기분이 들기 시작했다. 몇 시간째 그림자처럼 뒤따르고 있는 검은색 승용차 때문이다. 고속도로인지라 어쩌다 이삼십 분 정도의 동행은 이해할 수가 있다. 하지만 그것이 세 시간을 넘어가면 스토킹이라도 당하는 느낌이다.

"뭐지? 보상금을 노리고 있는 건가? 설마 아니겠지."

강유진은 문경휴게소가 보이자 급히 차선을 바꾸어 진입했다. 검은색 승용차도 아슬아슬하게 차선을 바꾸어 따라왔다.

주차장의 빈자리에 차를 세운 강유진은 식당으로 들어갔다. 자연스럽게 뒤를 돌아보니 검정색 승용차에서는 아무도 내리지 않았다.

'진짜 나를 따라온 건가?'

의심은 조금씩 확신으로 변해갔다.

강유진은 느긋하게 라면을 먹고 차로 돌아갔다. 멀리 차창 밖으로 썬팅을 짙게 한 검정색 승용차가 보인다.

고개를 설레설레 젓던 강유진은 차의 문을 잠그고 의자를 뒤로 젖혔다. 어차피 집도 절도 없는 몸인데다가 급할 것도 없다. 벌써 6월 초였지만 이상저온 현상으로 차량 안은 춥지도 덥지도 않아 잠자기에 적당했다. 꾸벅꾸벅 졸던 강유진은 이내 잠이 들었다.

강유진의 몸이 꿈틀거렸다.

어디선가 귀에 익은 멜로디가 들려왔던 것이다.

미료의 'Love is' 다.

가슴 절절한 가사 때문일까?

격정적인 리듬 속에서 지난 일들이 꼬리를 물고 떠올랐다.

하연아, 아빠 안 보고 싶어?

아빠 나 여기서 살면 안 돼?

아, 아빠는?

나 엄마랑 있을래.

그, 그래…….

걱정하지 마세요. 하연이도 그이를 잘 따라요.

어떻게 그럴 수가 있지?

벌써 이 년이나 지났잖아요.

겨우 이 년인데…….

우릴 그만 놔줘요. 자꾸 생각해 봐야 당신만 힘들어져요.

강유진은 비몽사몽 중에 자신이 새로 장만한 휴대전화의 모닝콜 소리를 감상하고 있다는 것을 깨달았다.

억지로 눈을 떴다.

제법 깊이 잠들었던지 정신을 차리기가 쉽지 않았다.

하지만 갈 길이 머니 어떻게든 일어나야 했다.

밤 9시였지만 창밖은 휴게소의 불빛으로 환했다.

두 손으로 눈을 비비던 강유진이 슬쩍 룸미러로 뒤를 살폈다. 검정색 승용차가 고집스럽게 서 있었다.

순간 심장이 가볍게 요동쳤다. 지금까지 누군가에게 스토킹을 당해본 적은 없다. 한창 데모를 하던 대학 시절에도 이런 일은 없었다. 도대체 누가 별 볼일 없는 백수를 따라다니고 있는 걸까?

강유진은 저도 모르게 가슴을 더듬었다. 지금 자신의 지갑에는 백만 원 권 수표 열두 장이 들어 있었다. 한국응용지질연구소에서 받은 집값이다.

곧이어 조수석 바닥에 뒹굴고 있는 배낭이 눈에 들어 왔다.

지금 자신에게 있는 것 중에 누군가 탐낼 만한 것은 돈과 오파츠뿐이다. 어느 것이든 자신으로서는 목숨 걸고 지켜내야 할 것들이었다. '목숨 걸고 지킨다' 고 생각하자 오히려 심장의 벌렁거림이 멎었다.

진정이 되자 머리가 바쁘게 돌아갔다.

자신에게 오파츠가 있다는 것을 아는 사람은 없다. 그러니 오파츠에 대한 염려는 앞서나간 것인지도 모른다.

'그럼 돈인가?'

하지만 직감적으로 돈을 노리는 것 같지는 않았다. 만약 돈을 노리는 것이었다면 좀 더 은밀했어야 한다.

'누가? 왜? 내 뒤를 따라오는 걸까?'

생각은 다시 원점으로 돌아오고 말았다.

무슨 이유로 상대가 따라오는지 모르지만 좋은 일은 아닐 것이다.

마침 관광버스 한 대가 다가오는 게 보였다. 움직임을 보니 곧

검은 승용차와 자신의 사이를 가로질러 갈 것 같다.

강유진은 의자를 세우고 벨트를 맸다.

버스가 뒤를 가리자 재빨리 시동을 걸었다.

그리고 급히 앞으로 튀어나갔다.

부우웅.

느긋하게 걸어가던 몇 사람이 욕을 해댔다.

하지만 강유진은 속도를 늦추지 않았다. 룸미러를 힐끔 보니 버스에 가려 승용차의 움직임은 보이지 않았다.

강유진은 더욱 세게 액셀을 밟았다. 버스가 시야를 가려줄 수 있는 시간은 길어야 삼 초다. 그 삼 초 안에 최대한 멀리 달아나야 했다.

고속도로에 진입하자 더욱 속도를 올렸다. 고물 지프차로 승용차를 따돌린다는 것은 쉬운 일이 아니다. 네 시간이나 잠을 잔 것도 상대의 방심을 유도하기 위해서였다. 이렇게 했음에도 상대가 따라붙는다면 서울에 가서 지하철을 탈 생각이었다.

"휴우! 하늘이 도왔군."

삼십 분 정도 달리던 강유진의 입에서 안도의 한숨이 흘러나왔다. 룸미러로 살핀 뒤쪽에서 차량의 헤드라이트가 보이지 않았기 때문이다.

우여곡절 끝에 강유진이 서울로 들어온 시간은 새벽 1시경이었다.

강유진은 한남로를 탔다가 삼일로 IC로 빠져나왔다. 그리고 앞서가는 차량의 흐름에 대충 몸을 맡겼다. 딱히 목적지가 있는 게 아닌지라 앞차들을 따라가고 있는 것이다.

정처 없이 가다 보니 시청이다.

시청을 지나 차량의 뒤꽁무니를 따라 우회전하니 종각이 나온다. 조금 더 차량의 흐름을 따라가니 종로다.

'아! 나란 놈은 정말 구제불능이구나.'

강유진은 대성그룹의 본사를 지나치면서 자기 자신을 수없이 욕했다. 자유롭게 간다고 간 곳이 7년 동안 몸담았던 회사 근처다. 이 얼마나 한심한 노릇이란 말인가!

강유진은 신경질적으로 액셀을 밟았다. 아직도 회사의 그늘에서 벗어나지 못하고 있는 자신을 생각하니 너무 답답했다.

신설동을 지날 무렵 연료 게이지에 경보등이 들어왔다.

강유진은 일단 가까운 주유소에 들러 기름을 넣었다.

그리고 다시 밟았다.

영동대교를 건너 십오 분쯤 달렸을까? 피로가 몰려와 주변을 살피니 어느새 신천역이다.

이만하면 대성그룹과는 상당히 떨어진 위치라고 할 수 있다.

강유진은 주차장 시설이 갖추어진 고시원을 찾아다녔다. 장기간 버티려면 오피스텔보다는 고시원이 낫다는 생각에서다.

처음 찾아간 곳은 추레한 간판부터 마음에 들지 않았는데, 방까지도 너무 좁았다. 침대 끝이 책상 아래로 들어가 있어서, 누워 보니 무릎이 책상에 닿는다. 이래서는 숙면을 취하기가 어렵다. 강유진은 싸게 해주겠다는 것도 거절하고 고시원을 나갔다.

고민 끝에 두 번째로 찾아간 곳은 원룸텔이라는 곳이다. 원룸텔도 좁기는 마찬가지였지만 그래도 침대와 책상의 간격이 넓었다.

문득 시계를 보니 벌써 새벽 2시다. 강유진은 더 이상 돌아다니고 싶지 않았다. 결국 총무와 상담 끝에 월 32만 원으로 방을 얻었다.

그렇게 강유진의 서울 생활은 원룸텔에서 다시 시작되었다.

나이와 경력을 생각하면 초라하기 그지없지만, 강유진은 만족했다. 서울에 돌아오기까지 많은 일들이 있었다. 저승 문턱에까지 갔다가 신비의 오파츠를 얻어 다시 살아 돌아왔다. 새롭게 태어난 것이다. 강유진은 자신을 '인생의 초년생'으로 생각하기로 했다.

침대에 누웠지만 이상하게 피곤하다는 생각은 들지 않았다. 탑골에서 요양을 한 것도 아닌데 기력이 넘쳤다.

"피곤할 때는 휴게소에서 쉬는 게 제일 좋다니까."

강유진은 휴게소에서 네 시간 잔 것이 주효했다고 생각했다.

한 시간 가까이 몸을 뒤척이던 강유진은 까무룩 잠이 들었다.

그곳은 사방이 어둠으로 둘러싸인 실내였다.

빛 한 점 들어오지 않는 어둠 속에서 한 아기가 짧은 팔다리를 바둥거렸다.

강유진은 멍하니 아기를 바라보았다.

'이건 뭐지?'

강유진은 다음날 일어나자마자 지하철을 타고 강변역 테크노마트로 가서 중고 노트북 하나를 구입했다. 원룸텔에 있는 인터넷 전용선을 이용하려면 뭐라도 있어야 했다. 그것으로 일자리는 물론 자신이 궁금해하는 것들도 하나씩 알아볼 생각이었다.

* * *

따르르르르릉!

화재 시에나 울리는 비상벨 소리가 새벽안개 속으로 퍼져 나갔다.

곧이어 지면이 밀가루 반죽처럼 요동쳤다.

드드드드드.

콰드드득. 끼기긱.

금속재질이 뒤틀리는 소리가 어둠 속에서 격하게 들려왔다.

지진은 거의 삼십 분 동안 간헐적으로 이어졌다.

경악과 공포 속에서 날이 밝았다.

박영찬 소장이 비통한 얼굴로 정면을 뚫어져라 바라보았다.

경보 시스템이 제대로 작동해 인명 피해는 없지만 그보다 더 큰

일이 생겼다. 세계에서 가장 깊은 동굴이 사라져 버리고 만 것이다. 동굴이 있던 자리를 중심으로 사방 100미터 정도의 땅이 2미터가량 아래로 꺼져 있었다. 거대한 크레이터를 남기고 동굴은 그 모습을 영영 감추고 만 것이다.

"과거를 알려고 하지 말라는 건가……."

박영찬이 허탈한 표정으로 중얼거렸다. 지난 두 달간 준비해 왔던 일들이 하루아침에 수포로 돌아갔다. 미스터리를 전문으로 다루는 케이블TV에서나 좋아할 기괴한 사진 수십 장을 건진 것 외에는 아무런 소득이 없었다.

주변을 둘러보던 김미연이 조심스럽게 물었다.

"소장님, 연구소는 이제 어떻게 되는 건가요?"

"흐음, 혹시 아직도 공동(空洞)이 남아 있는지 초음파를 쏴보고…… 없으면 철수해야겠지요."

"그냥 발굴은 힘들겠죠?"

"다들 미쳤다고 할 겁니다."

"그렇겠죠……."

김미연이 아쉽다는 표정으로 박영찬을 바라보았다. 두 달 동안의 일들이 꿈처럼 느껴졌다. 7,000미터 깊이에 있는 기이한 파이프 화석과 손바닥 자국들. 국가기밀이라 말할 수도 없지만, 말해도 믿지 않을 이야기들이었다.

"하아! 이렇게 끝나다니…… 너무하네요."

소장에게 '지진파가 있으니 서두르라' 는 말을 들은 뒤로 왠지 불안했다. 그런데 좋지 않은 예감은 늘 이루어지나 보다. 결국 이렇게 끝나는 것을 보니 말이다.

한 곳에 모여 있던 외부 계약직 전문가들이 우르르 몰려왔다. 지질학은 물론 고고학과 건축공학, 금속공학 등의 젊은 선구자들이다. 얼굴이 어두운 것을 보니 그들 역시 재앙을 피한 기쁨보다 고대의 신비를 파헤치지 못한 것에의 안타까움이 더 큰 것 같았다.

박영찬 소장이 그들에게 다가갔다.

몇 사람이 무조건 발굴하자고 하는 것 같았다. 하지만 그게 불가능하다는 사실은 말하는 사람이나 듣는 사람 모두가 알고 있는 사실이었다.

박영찬 소장은 분해서 씩씩거리는 외부 계약직 직원들에게 남은 '보안교육' 의 일정과 '비밀서약을 지키지 못했을 때의 불이익' 에 대해 다시 한 번 강조하고 임시막사로 돌려보냈다.

그리고 휴대전화로 상급자에게 비상전화를 했다.

"차장님, 탑골 연구소의 박영찬입니다."

"무슨 일입니까?"

늙수그레한 남자의 음성은 잠에서 덜 깬 것 같았지만 그렇다고 흐느적거리지도 않았다. 비상전화라는 것을 인지하고 있기 때문이다.

박영찬은 간단명료하게 말했다.

"오늘 새벽 03시 30분부터 약 30분간 탑골 일대에 지진이 있었습니다. 그 지진으로 구멍이 완전히 막혔습니다."

"……."

상대는 한참 동안 말이 없었다. 아닌 밤에 홍두깨라고, 그에게도 적지 않은 충격이었던 것이다.

"복구의 가능성은 어느 정도입니까?"

"기계를 가져와 봐야 알겠지만, 낙관적이지 않습니다."

"복구가 불가능하면 연구소의 자료를 폐기하고 철수하세요."

"알겠습니다."

"그나저나 공교롭게 됐군요."

"무슨 말씀이신지?"

"어제 저녁에 Mr.강을 잃어버렸다는 연락을 받았는데, 오늘 아침에는 구멍까지 막혔다니 하는 말입니다."

"송구스럽습니다."

박영찬 소장의 얼굴이 붉게 달아올랐다.

연구소 직원이 강유진을 놓친 게 가벼운 잽이었다면, 구멍이 막힌 것은 어퍼컷이나 다름없다. 누구라도 이 정도 연타를 맞으면 정신을 차리기 어려울 것이다. 2차장이 대놓고 욕은 안 했지만 속은 부글부글 끓고 있을 것이었다.

"허허, 괜찮습니다. 나중에 욕먹을 걸 각오하면 Mr.강을 찾는 것은 일도 아니니까요. 그런데, 박 소장은 회사에서 Mr.강을 찾아야 한다고 생각합니까?"

"……예. 현재로서는 그가 유일한 단서이니 일단 지켜보는 것이 좋다고 생각합니다."

"흠, 하지만 회사에서 탑골의 자료를 봉인하기로 결정하면 단서도 의미가 없게 됩니다. 그러니 지금은 연구소를 재건하느냐 철수하느냐만 생각하도록 하십시다."

"알겠습니다."

"그럼, 결정되면 다시 연락주세요."

"그렇게 하겠습니다."

박영찬 소장이 전화를 끊고 담배를 입에 물었다.

일이 이렇게 되니 강유진의 의미가 커졌다. 그런데 그 강유진이 잠수를 타버렸으니 속이 뒤집어진다.

"후우!"

한숨과 함께 연기를 길게 내뿜었다.

애써 찾기도 우습고, 그렇다고 손을 떼기도 어려운 상황이다. 무리하게 강유진을 찾았는데 그가 평범한 백수라면, 괜히 일만 벌인 셈이 되고 만다. 그렇다고 남겨진 단 하나의 단서를 포기할 수도 없다. 이래저래 난처하게 되었다.

복잡한 건 그것뿐이 아니다. 설사 손자국이 누군가의 것이라고 해도, 이쪽에서 그걸 증명할 길이 없게 되었다. 6,000미터 아래에 있는 손자국의 탁본이라도 떠놨다면 모를까, 동굴이 매몰된 지금 무슨 수로 손자국의 주인을 찾는단 말인가?

"결국 화석이라고 밀어붙여야 하는 건가……. 지하 6,000미터 아래에서 발견된 손바닥 화석이라니……."

지질학자들이 지질 사진과 깊이를 감안하여 내린 결론은 최소한 20억 년 전의 지층이었다.

지층의 연대도 황당하지만 손바닥은 20억 년 전의 지층에서 위로 2,000미터 높이까지 찍혀 있었다. 2,000미터 구간의 시간은 좁게 잡아도 수만 년.

박영찬은 고개를 설레설레 저었다. 그걸 화석이라고 주장해야 하는 자신의 처지가 안쓰럽기까지 하다. 하지만 현대인의 손자국이라고 보고하는 것보다는 합리적인 선택이 아닌가? 세상은 어차피 미스터리로 가득 차 있으니 말이다.

*　　*　　*

그로부터 일주일 뒤, 한국응용지질연구소 직원들은 서초구 내곡동 국가정보원 청사 안에 자리한 회의실 1021호로 출두했다.

한국응용지질연구소의 소장 박영찬이 보고서를 덮으며 마무리 발언을 했다.

"……그런 이유로 연구소의 재건은 불필요하게 되었기에, 2010

년 7월 15일 무너진 건물을 철거하고 전원 철수를 결정하였습니다."

묵묵히 듣고 있던 2차장 조성호가 말했다.

"박 중령님, 세계 최대의 자연동굴에서 초고대문명의 흔적이 발견되었다는 다소 만화 같은 이야기로 시작한 조사였습니다. 그런데 고작 사진 몇 장 남기고 동굴은 무너졌다? 이런 허무맹랑한 이야기를 하려고 삼 개월간 오십 명의 요원을 동원했단 말입니까?"

"차장님, 애석하지만 자연현상으로 생긴 결과입니다. 저는 현장에서 요원들을 잃지 않은 것만도 다행이라고 생각하고 있습니다."

"좋소. 지진은 그렇다고 칩시다. 그럼, 지하 6,000미터 깊이에서 찍혔다는 이 손바닥 사진은 뭡니까? 이건 화석입니까? 아니면 최근에 눌린 자국입니까?"

"화석……이라고 생각합니다."

2차장 조성호가 박영찬을 노려보았다.

"이봐요! 지금 나를 바보로 만들 작정입니까! 자그마치 지하 6,000미터의 수직 동굴입니다! 수십만 년의 역사는 그렇다고 쳐도, 그 손바닥이 어떻게 2,000미터 위까지 가지런하게 찍힐 수가 있습니까! 그 사람은 죽지도 않고 동굴에 손바닥만 찍으며 몇만 년을 살았답니까!"

"……."

박영찬이 답답한 표정으로 회의실을 둘러보았다.

눈앞에 2차장을 제외하면 모두가 같은 팀으로 파견나갔던 요원들이다. 그런데 아무도 지원사격을 해주지 않고 있었다.

우연히 박영찬과 김미연의 눈이 마주쳤다.

박영찬의 원망스러운 눈길에 김미연이 움찔 놀란 표정을 지었다.

국가정보원의 신임요원 연수기간 중에 단지 전문가라는 이유로 차출되어 합류했다. 아직 정식 요원도 되지 못한 주제에 하늘같은 2차장에게 뭐라고 말한단 말인가?

그러나 한동안 눈치를 살피던 김미연은 결국 한마디 거들지 않을 수 없었다. 이 자리에서 지질학의 전문가는 자신밖에 없었기 때문이다.

"뭐라고 말을 해봐요! 말을!"

"저어, 차장님, 제가 한말씀 드려도 될까요?"

2차장 조성호가 신경질적으로 고개를 끄덕였다.

"이번 조사는 동굴에서 시작해서 동굴로 끝났다고 해도 과언이 아닙니다. 동굴에서 초고대문명의 흔적이 발견되었고, 전문가와 장비를 불러 탐사를 준비했습니다. 하지만 여진으로 결국 동굴은 무너지고 말았죠. 그래서 지금 우리 손에 남은 것이라고는 사진 삼십여 장뿐입니다."

"나는 무너진 동굴 때문에 그러는 게 아닙니다. 손에 넣은 정보가 어떤 것인지 정도는 확실하게 분석을 했어야지요."

"예, 그래서 드리는 말씀입니다. 그 사진 속의 손자국은 우리뿐 아니라, 세계의 누가 본다고 해도 정확하게 분석해 낼 수가 없습니다."

"……."

조성호의 입에서 '끙' 하고 앓는 소리가 흘러나왔다. 확실히 사진만 가지고 정확하게 분석하라는 것은 무리한 주문인지도 모른다.

"게다가 저 손바닥 사진은 화석이든 최근에 눌린 자국이든, 어느 것으로도 설명을 할 수가 없습니다. 고고학에도 맞지 않고, 현대 과학으로도 설명할 수 없기 때문입니다. 그래서 어떤 학자들은 저런 자료를 가리켜 오파츠(OOPARTS)라고 부르기도 합니다."

"오파츠?"

"네, Out of Place Artifacts의 약자죠. 그 시대에 있어서는 안 되는 유물이 출토될 때 학자들은 오파츠라는 말로 덮어 버렸습니다. 일단 오파츠라는 상자 안에 담고 뚜껑을 덮어 버리면 더 이상 그 일로 고민하지 않아도 되니까, 상당히 편리한 개념이죠."

"또 만화 같은 이야기로 가는 겁니까?"

"차장님, 만화 같은 현실이라고 생각해 주세요. 그 동굴을 직접 보고, 사진까지 찍은 저희들도 지금까지 반신반의하고 있는 일이니까요."

탁탁탁탁탁.

조성호가 손가락 끝으로 테이블을 두드렸다. 머릿속이 복잡했다. 대통령에게 보고할 적당한 말이 떠오르지 않았다. 문득 강유진이라는 젊은 남자가 떠올랐다. 지금은 신천의 원룸텔에 기거하며 일자리를 찾아다니고 있다던가.

"강유진이 동굴에 내려갔을 가능성은 없습니까?"

박영찬이 즉시 답했다.

"그를 만나본 적이 있는데 그 정도의 일을 할 체력이나 담력은 없어 보였습니다."

"없어 보였다……. 결국 그럴 수도 있다는 말이로군요."

"전혀 배제할 수는 없습니다. 하지만 첨단장비와 보조 인력 없이는 불가능한 일입니다. 강유진에게는 그런 것들을 준비할 시간이 없었습니다. 주변을 탐문해 봤지만 드나든 사람도 없습니다. 그런 사실을 종합해 볼 때 강유진은…… 아닙니다."

"하아……."

조성호의 입에서 한숨이 흘러나왔다.

지금은 조사를 접느냐, 계속 진행하느냐의 기로에 선 상태다. 만약 여기서 강유진을 파고들어가면 조사는 계속 진행되어야 한다. 하지만 동굴이 사라진 지금 강유진 하나만 보고 조사를 계속 진행시킨다는 것도 억지다. 목표는 동굴에 있었다는 초고대문명이지 강유진이 아니기 때문이다.

마침내 마음을 정한 조성호가 박영찬에게 지시했다.

"박 중령님, 조사는 여기서 끝내도록 하겠습니다. 관련 자료를 모두 1급기밀로 분류하고 문서 처리반에 넘기도록 하세요."

"알겠습니다."

"쯧, 지하의 초고대문명이라니…… 차라리 로즈웰처럼 UFO라도 하나 추락해 줄 일이지……."

그랬다면 최소한 목표를 쫓던 도중에 잃어버릴 일은 없을 것이었다.

제5화

흑탑의 아들

그 무렵 강유진은 원룸텔의 인터넷으로 구직 자리를 열심히 알아보는 중이었다. 처음에는 경력을 살리자는 취지에서 대기업의 관리부서를 골랐다. 그리고 인터넷과 우편으로 6월 말까지 무려 서른 곳에 이력서를 제출했다. 하지만 면접을 보러 오라는 곳은 단 한 군데도 없었다.

청년실업 백만이라는 말은 단지 숫자상의 이야기가 아니다. 이태백(이십대의 태반이 백수)이 넘쳐나는 세상에서 재취업은 생각처럼 쉽지 않았다. 다시 백수가 되어 치열한 구직현장에 뛰어들려니 죽을 맛이었지만 포기할 수는 없었다.

강유진은 눈을 조금 낮추기로 했다. 온라인 오프라인을 통해 중소기업 오십 군데에 이력서를 제출했다. 대성그룹에서 7년이나 근무했던 경력이니 오라는 곳은 많을 것이다. 하지만 다시 한 달이 지난 7월 말까지도 면접에 오라는 곳이 없다.

지난 1년 동안 세상이 변한 모양이다.

그렇게 이력서를 수없이 쓰는 동안 '안정적인 일자리를 찾아야 한다.' 는 것은 거의 강박관념으로 자리를 잡아갔다. 어디를 가든 벼룩시장, 가로수, 교차로를 한 뭉치씩 들고 다녔다. 그래도 오라는 곳은 없었다. 어느새 자신은 쓸모없는 존재가 되어 버렸던 것일까?

하는 일 없이 8월이 되었다. 궁지에 몰린 강유진은 최후의 수단으로 대성그룹 시절의 거래처를 찔러보기로 했다.

"송 사장님? 안녕하십니까? 저 강유진입니다."

"아, 강 차장. 퇴사했다는 소식은 들었는데. 건강하지?"

"예, 저는 잘 지내고 있습니다. 송 사장님은 어떻습니까? 회사는 여전한가요?"

"그냥저냥 먹고 사는 거지 뭐."

"아, 예……."

조금 시큰둥한 송 사장의 반응에 강유진은 '일자리가 있느냐?' 는 말을 꺼낼 수 없었다.

어색한 분위기를 바꿔보려는 순간 송 사장이 먼저 마무리 발언을 했다.

"강 차장, 언제 한번 만나게 되면 술이나 하자고."

"예……."

"그럼 나중에 연락할게."

딸깍.

상대가 먼저 전화를 끊었다. 송 사장은 지금까지 단 한 번도 먼저 전화를 끊지 않았다. 그런데 지금은 인사를 건넬 틈도 없었다.

강유진은 힘없이 휴대전화를 내려놓았다.

이런 식의 통화가 벌써 다섯 곳이 넘는다. 대성그룹의 차장과 백수는 이렇게나 다른 것이다.

몸과 마음이 지쳤다.

오파츠가 없었다면 다시 어리석은 생각을 하게 됐을지도 모를 정도였다.

강유진이 침대 밑에서 배낭을 꺼냈다.

원룸텔에 자리를 잡은 뒤로는 아침저녁으로 오파츠를 꺼내 살폈다.

하지만 오파츠는 예의 그 짙푸른 바다 빛깔을 뽐내기만 할 뿐, 다른 기적은 보여주지 않았다.

오파츠 세 개를 나란히 펼쳐놓았다.

하나씩 보다가 세 개를 비교하며 보니 그 재미가 또 남다르다. 이전에는 보이지 않던 규칙 같은 것도 눈에 뜨인다.

예를 들면 기하학적 무늬들이 시계 방향으로 배열된 것이 있는가 하면, 상하로 배열되거나, 좌우로 배열되어 있었다. 물론 상하와 좌우는 가로의 폭을 짧게 하고 세로의 폭을 길게 놓았을 때를 기준으로 한 것이다. 하지만 한 가지 문제는 있다. 아래위가 어디인지 모른다는 것이 그것이다.

한동안 세 개의 무늬를 내려다보던 강유진은 상하를 이리저리 바꿔보았다. 어떻게 놓아도 그럴듯해 보인다. 처음부터 아래와 위가 없는 느낌이었다.

문득 강유진은 세 개의 오파츠에도 순서가 있지 않을까? 하는 생각을 했다. 혼돈조차도 나름의 질서라는 게 있다지 않던가!

오파츠를 들어 이리저리 놓아보았다.

비교하며 놓다 보니 서클의 잔상(殘像)이 머리에서 떠나지 않았다.

순서가 있다는 전제하에 세 장의 서클이 겹쳐지면 어떻게 될까? 서클들이 엉클어질까? 아니면 자연스럽게 어울릴까?

지금까지는 흠집이 날까 봐 웃가지로 개별 포장을 했었다.

하지만 순서와 서클의 문양을 생각하니 잘하면 겹쳐질 것 같다는 생각이 든다.

강유진은 세 개의 오파츠를 이리저리 움직여 가능한 모든 배열을 다 만들어 보았다.

하지만 손목만 아플 뿐 정작 오파츠에는 아무런 변화도 없었다.

그나마 소득이라면 세 개의 오파츠에 새겨진 서클을 외운 것이

랄까? 하도 매만지다 보니 서클의 문양이 잔상처럼 눈앞에 남은 덕분이다. 그것은 강유진으로서도 신기한 경험이었다. 마치 3차원 홀로그램처럼 눈앞에 서클이 떠다녔으니 말이다.

강유진이 머리를 갸웃거렸다. 조금 전 자신에게 일어난 일이 오파츠의 기적인지, 아니면 초인적인 집중력의 결과인지 헷갈렸던 것이다.

'어디 보자…….'

다시 서클 하나를 떠올렸다.

둥실.

허공에 선명한 서클이 나타났다.

그제야 강유진은 집중력이 아닌 오파츠의 능력임을 알게 되었다.

지금까지 살면서 이보다 더한 집중력을 보인 일도 적지 않았다. 하지만 생각한 것이 이렇게 눈앞에 나타난 적은 없었다.

강유진은 놀란 가슴을 진정시키며 나머지 두 개의 서클을 기억해냈다.

순간 마법처럼 허공에 세 개의 서클이 나타났다.

'저걸 겹치면?'

세 개를 겹친다고 생각하자 서클이 서서히 이동했다.

서클들이 허공에서 합쳐진 순간이다.

번쩍.

강유진은 저도 모르게 눈을 질끈 감았다. 마치 섬광탄이 눈앞에서 터진 것 같은 광채에 앞이 보이지 않았다.

두 손으로 눈두덩을 비비던 강유진의 입에서 탄성이 흘러나왔다.

백색의 섬광에 놀라서 눈을 감았고, 두 손으로 가리기까지 했는데, 보였다.

작은 언덕 위에 낡고 허름한 고탑이 서 있다.

특이하게도 고탑에는 창문이 없었다.

고탑이 점점 크게 확대됐다.

어느새 강유진은 고탑 안에 들어와 있는 자신을 발견했다.

짙은 어둠에 놀라 좌우를 살폈다.

어둠 속에서 어린 아기의 옹알거리는 소리가 들려왔다.

"꺄하, 아웅, 아브브……."

두세 살쯤 되어 보이는 아기가 팔다리를 꼼지락거리고 있었다.

시간이 지나자 아기는 배가 고픈지 칭얼대기 시작했다.

하지만 아무도 오지 않았다.

문득 강유진은 아기가 버려졌다고 생각했다. 누가 가르쳐준 것은 아니지만 확실히 느낄 수 있었다. 그것은 시간이 지나면서 더욱 분명해졌다.

시간이 지나자 아기의 칭얼거림이 눈에 띄게 약해졌다. 호흡도 점점 가늘어졌다. 굶주림으로 죽어가고 있는 것이다.

강유진은 안타까운 마음에 손을 뻗었다.

그러나 손은 아무리 해도 아기에게 닿지 않았다. 그제야 강유진은 자신과 아기가 있는 세계는 다르다는 것을 깨달았다. 지금의 자신은 단지 바라볼 수만 있었다. 현실이 아니라는 것을 알았지만 강유진은 견디기 어려웠다.

'누구라도 좀 구해 줘요!'

강유진의 간절한 바람이 통한 것일까?

칠흑 같은 어둠 속에서 작은 빛이 떠올랐다. 그것은 반딧불 정도의 크기밖에 되지 않았다.

빛은 아기의 주변을 떠돌았다.

곧이어 어디선가 더 많은 반딧불이 날아왔다.

반딧불은 아기의 머리 위로 모여들었다.

강유진의 입에서 탄성이 흘러나왔다. 반딧불이 모여 여자의 형상을 만들었던 것이다.

은은한 빛에 휩싸인 여자의 손이 탑 구석구석을 누볐다.

우우웅.

귀에 익숙한 진동과 함께 탑이 흔들렸다.

탑에서 더 많은 반딧불이 생성되는가 싶더니 여자의 몸으로 날아갔다.

빛을 흡수한 여자의 몸이 더 선명해졌다.

여자가 손을 허공에 휘저었다.

눈에 익은 서클이 그려지는가 싶더니 허공에서 천사가 나타났다.

'헉!'

강유진은 멍한 눈으로 천사를 바라보았다.

천사는 탑 밖으로 날아가 먹을 것을 안고 돌아왔다.

여자는 아기에게 음식을 먹이려고 애썼지만 쉽지 않았다. 하지만 여자는 포기하지 않았고, 마침내 아기가 오물거리며 음식을 받아먹었다.

'하아!'

강유진의 입에서 안도의 한숨이 흘러나왔다.

갑자기 장면이 바뀌었다.

아기는 어느새 육칠 세 정도로 자랐다.

여전히 아이는 고탑 안에서 생활했다. 고탑에서 뛰어다니고, 고탑에서 먹고, 고탑에서 잠을 잤다.

아이가 움직이는 곳마다 고탑이 빛을 밝혔다. 마치 넘어지거나 다칠까 봐 앞을 밝혀주는 것 같았다. 그렇게 고탑은 스스로 살아 있는 것처럼 아이를 돌보고 있었다.

반딧불로 만들어진 여자는 하루에 한 번씩만 나타났다. 여자의 얼굴은 늘 같았지만 그녀의 몸에서 흘러나오는 빛은 점차 약해지고 있었다.

여자는 아이에게 이상한 언어와 도형(圖形)들을 가르쳤다.

아이가 읽고 쓰기를 다 배웠을 때쯤 여자의 몸에서 나오는 빛은 눈에 띄게 희미해졌다.

그즈음 강유진은 여자가 하는 말을 어느 정도 알아들을 수 있게 되었다. 아이가 여러 가지 언어를 익히는 것을 어깨 너머로 구경하다 보니 절로 배우게 된 것이다.

어느 날 여자가 말했다.

"이제부터 너의 이름은 카론이야. 누가 이름을 물으면 카론이라고 대답해야 해. 알겠지?"

"카론?"

"그래, 신화를 기억하는 마지막 루인(Ruin)족이 되라고 우리가 지은 거란다."

"응, 그런데 신화가 뭐예요?"

"이제는 잊힌 신들의 이야기지. 알고 싶으니?"

"응."

여자가 웃으며 카론의 머리를 쓰다듬었다.

"오래전 엘이 세상을 만들었단다. 엘은 온 힘을 다해서 세상을 만들었지. 그때 너무 힘을 써서 엘은 죽고 말았단다. 엘의 몸은 갈기갈기 찢어지고 말았어. 엘의 조각 중 머리에서 거인족 타이탄이, 가슴에서 다혈질인 루인족이, 배꼽에서 원기 왕성한 엘프가, 그리고 마지막으로 다리에서 부지런한 기니가 태어났지."

"와아! 나는 가슴에서 태어났구나!"

"그래, 카론도 기분이 좋거나 나쁠 때면 가슴이 막 뛰지? 그건 네가 엘의 가슴에서 태어나서 그런 거란다."

"맞아요. 지금도 가슴이 두근두근해요."

"그래, 더 들어보렴. 그 네 종족 중에서 지혜와 용기가 가장 뛰어난 것은 타이탄이었단다. 타이탄은 태어나면서부터 엘의 지혜와 신성력을 사용할 줄 알았지. 그래서 무려 천 년간이나 루인족과 엘프와 기니를 지배했단다."

여자의 얼굴에 뿌듯한 표정이 떠올랐다.

"신성력이 뭐예요?"

"음, 그건 자연계의 힘과 구별된 거룩한 능력이야. 생각한 것을 이루게 해주는 무서운 권능이기도 해."

"생각한 것을 이루게 해주는 게 왜 위험해요?"

"그건 엘처럼 신들이나 사용할 수 있는 힘이기 때문이야. 모든 종족에게 그런 힘이 있다면 세상은 엉망이 되고 말 거야."

"왜요?"

"그건 각자가 바라는 게 다르기 때문이지. 서로 다른 소원이 충돌하면 무시무시한 싸움밖에 더 나겠니?"

"아!"

"하지만 타이탄은 그 힘을 남용하지 않았어. 그들에게는 엘의 지혜가 있었기 때문이야. 지혜로운 타이탄은 엘을 경배했고, 그들이 지배하던 천 년간 세상에 무수히 많은 엘의 신전을 세웠단다. 타이탄의 목표는 세상에 천 개의 신전을 세우는 거였어. 그들은 천 개의 신전을 세우면 엘이 다시 살아날 거라고 믿었던 거야."

"죽었던 엘 님이 다시 살아날 수도 있어요?"

"타이탄과 엘의 관계는 신비하니까 누구도 알 수 없었지."

"그래서요? 엘 님은 살아났나요?"

"후후, 마침내 신전이 다 세워지자 타이탄의 왕 네피림은 그것을 기념하려고 잔치를 열었단다. 그 잔치에는 루인족의 왕과 엘프의 왕과 기니의 왕이 초대됐지."

카론의 눈이 반짝였다. 네 개 종족의 성대한 파티를 상상하고 있는 것이다.

하지만 카론의 기대와 달리 이어지는 여자의 음성은 차갑기만 했다.

"하지만 그날 루인족의 왕과 엘프의 왕과 기니의 왕은 타이탄의 왕 네피림을 죽였어. 그리고 그날 타이탄까지 멸망시키고 말았단다."

여자의 얼굴에 침통한 빛이 가득했다.

"왜, 왜요?"

"그건 그들에게 엘의 지혜가 없었기 때문이야. 물론 천 년간이나 남의 지배를 받는 것도 싫었을 거고. 카론도 우리가 이래라저래라 하면 싫어하잖아."

"응, 난 잔소리가 싫어."

"아마 그들도 그랬을 거야. 그날 타이탄의 왕 네피림은 루인족과 기니와 엘프를 저주하며 숨을 거두었단다."

"불쌍해……."

"그래, 하지만 남은 세 종족의 미래도 밝은 건 아니란다."

"저주 때문에?"

"똑똑하구나. 타이탄의 왕 네피림은 종족이 멸망하자 이 세상도 함께 멸망해야 한다고 생각했어. 그래서 최고의 신성력으로 소원을 빌었지. 세상을 멸망시켜 달라고……."

"으응? 그래서 어떻게 됐어요?"

카론이 겁먹은 눈으로 여자를 바라보았다.

여자가 희미하게 웃으며 답했다.

"그때 죽은 줄 알았던 창조신 엘이 다시 나타난 거야. 천 개의 신전이 세워져서 나타났는지, 타이탄의 마지막 소원을 들어주려고 나타났는지는 모르지만…… 엘은 타이탄의 멸망을 슬퍼하며 루인족과 엘프와 기니에게 벌을 내렸어. 배신에 대한 벌로 다른 종족의 말을 알아듣지 못하게 하고, 죽을 때까지 황폐한 땅을 일구며 살게 했지. 그리고 타이탄이 건설한 천 개의 신전을 땅속 깊이 감추고, 자신이 창조한 세계를 떠나 버렸단다. 그 뒤로 루인족과 엘프와 기니는 서로를 원망하며 뿔뿔이 흩어졌어."

"저주는요?"

"……."

한참을 망설이던 여자가 답했다.

"엘의 신전이 세상에 다시 나오는 날, 저주는 실현이 될 거야."

"천 개의 신전?"

"그래, 천 개나 되는 신전이지."

"휴우! 괜히 걱정했네."

"왜?"

"엘 님이 땅속에 묻었잖아요."

"그래, 묻었지. 하지만 루인족의 욕심은 저주를 완성하고 말 거야."

"……."

카론이 머리를 긁었다. 아직 어려서 무슨 말인지 못 알아들은 것이다. 카론의 관심은 엘이 신전을 묻었다는 것에만 가 있었다.

"엘 님은 왜 타이탄의 저주를 들어주지 않았을까요?"

"그건 다른 세 종족도 엘의 자식들이기 때문이지. 네피림의 저주 앞에서 엘은 다른 자식들에게 마지막 기회를 주고 싶었던 거야."

"……."

갑자기 카론이 반대편으로 쪼르륵 뛰어갔다. 어린아이답게 집중력이 한계에 이르자 다른 놀잇감을 찾아간 것이다.

그때 강유진은 여자의 얼굴에 떠오른 슬픔을 보았다.

문득 피로가 몰려왔다.

'그만 쉬고 싶다.'

생생한 의식으로 쉬지 않고 정보를 받아들이다 보니 몸이 금방 지쳤다. 자신이 보고 있는 것은 확실히 꿈과는 달랐다. 영화 오래 보기에 도전하고 있는 사람 같다는 생각이 들었다.

쉬고 싶다고 생각한 순간 앞이 캄캄해졌다.

그리고 몸이 뒤로 밀려나는 느낌이 들었다. 처음 고탑을 향해 빨려 들어가던 것과는 반대 현상이다. 곧이어 빛의 터널에 빠져 시간과 공간을 거슬렀다.

강유진은 현실로 돌아왔지만 축 늘어져 움직이지 않았다. 너무 피곤해 눈조차 뜰 수 없었다.

그렇게 죽은 듯이 하루 밤낮을 잤다.

*　　*　　*

잠에서 깬 강유진은 힘겹게 자리에서 일어났다. 피로가 덜 풀렸는지 몸이 쇳덩어리처럼 무거웠다.

정신을 차리기 위해 세차게 머리를 흔들었다. 보고 들은 모든 게 꿈같았다.

'오파츠는?'

머리맡에 세 개의 오파츠가 흩어져 있는 게 보인다. 강유진은 이불을 끌어다가 오파츠를 덮었다.

꼬르륵.

배가 먹을 걸 달라고 아우성이다.

책상 한쪽에 쌓아둔 참치 캔을 집어 들고 팔다리를 흐느적거리며 주방으로 걸어갔다.

웬일인지 항상 사람들로 북적이던 주방에 아무도 보이지 않았다. 문득 시계를 보니 벌써 오전 10시가 넘었다.

갑자기 쓴웃음이 흘러나왔다. 자신이 전형적인 백수의 모습을 보여주고 있다는 생각에서다.

커다란 국그릇에 전기밥통의 밥을 퍼 담고, 반찬으로 참치 캔을 땄다.

허겁지겁 먹고 벽에 걸린 일력(日曆)을 보니 8월 10일이다.

"커헉!"

너무 놀라 입안에서 밥알이 튀어나왔다. 송 사장에게 전화를 건 날은 8월 7일이었다. 그런데 하룻밤 자고 일어났는데 삼 일이 지났다니?

강유진은 급히 방으로 돌아가 휴대전화의 발신을 눌렀다.

마지막 통화자인 송 사장의 번호가 떴다. 다시 한 번 누르니 날짜와 시간이 나왔다. 확인하니 역시 8월 7일이다.

그제야 미치도록 배가 고픈 이유를 알았다.

"혹시 오파츠의 영상을 보는 동안 시간이 지난 건가?"

아무래도 지금은 그렇게밖에 생각할 수 없었다. 물론 그래도 납득하기 어려운 것은 있다. 예컨대 자신은 카론의 성장과 교육을 지켜보았다. 새로운 언어에 귀가 뜨일 정도로 충분한 시간을 흑탑에서 보냈다. 그런데 현실에서는 고작 삼 일이 지났을 뿐이다.

고개를 갸웃거리던 강유진은 이불로 덮어두었던 오파츠를 하나씩 꺼냈다.

느낌일까? 그중에 하나의 색이 좀 바랜 것 같다.

환한 낮에 봐서 그러려니 생각하고 다시 배낭에 집어넣었다.

"그나저나 오파츠를 보는 동안 시간이 이렇게 빠르게 지나간다면…… 고민인걸."

현실에 충실하기 위해서라도 절제해야 한다는 생각이 든다. 하지만 절제할 자신이 없었다. 다음에도 지금처럼 체력이 완전히 방전될 때까지 몰입하게 될 것이 분명했다.

갑자기 한숨이 흘러나왔다.

"몸이 버텨날지 모르겠군."

그래도 후회는 없다. 오파츠의 신비를 한 꺼풀 벗겨냈기 때문이다. 뜻밖에도 오파츠는 누군가 공들여 제작한 영상기록물이었다.

"이제는 블루 태블릿이라고 해야 하나……."

누군가 저 파란색의 금속에 뭔가를 기록했다. 마법이라고 불릴 만큼 잃신 문명을 가지고 밀이다.

"창조신 엘에 의한 세계 멸망이라……."

카론의 기억이 새록새록 떠올랐다.

그 뒤 어린 카론은 어떻게 됐을까? 그리고 타이탄의 신전은 모두 발굴된 걸까?

골똘히 생각하던 강유진은 급히 노트북을 켰다. 지금은 카론이 아니라 자신의 재기에 신경을 써야 할 때였다. 체력이 회복될 때까지 당분간 오파츠를 보아서는 안 된다. 잘못하다가는 블루 태블릿을 읽어나가다가 쓰러지는 수가 있었다.

인터넷 메인 화면에 누군가의 기사가 떴다. 제목을 보니 '경비직에 도전한다.'는 생뚱맞은 글이다. 무심코 클릭을 해서 읽으니 LA의 오렌지카운티에 이민 간 한국인들이 경비직으로 안정을 찾아가고 있다는 내용의 글이다.

그러고 보니 전문적인 기술이 없어도 할 수 있고, 체력적으로도 힘이 들지 않을 만한 일로 경비직이 괜찮은 것 같다. 처음 서울에 상경할 때의 꿈과는 많이 달랐지만 현실적으로 대기업이나 중소기업에 자리가 없으니 별수 없었다.

서둘러 검색창에 '경비직 구인 구직'이라고 쳤다. 하지만 화면에 보이는 글들은 장애인 경비를 구하거나, 지방이라서 생각할 수 없는 것들이 대부분이었다.

"인터넷이 만능은 아니야."

강유진은 세면과 면도를 하고 원룸텔을 나섰다.

등에는 오파츠가 든 배낭을 메고 좌우를 둘러보던 강유진의 얼굴에 미소가 떠올랐다. 신천이라서 그런지, 아니면 유행이 그런지, 배낭을 멘 사람이 많이 보였다.

강유진은 일단 주변의 고층 빌딩부터 돌아다녔다. 원룸텔에서 가까운 빌딩의 경비원이 적당하다고 생각한 까닭이다.

하지만 경비를 모집하는 곳은 없었다.

저녁때까지 발품을 팔며 돌아다녔지만 헛수고였다.

다음 날은 조금 더 멀리까지 나가보기로 했다. 어차피 전철이 있으니 문제될 것은 없었다.

그렇게 차츰 차츰 범위를 넓히다 사흘째 되던 날에는 강남역까지 진출했다.

한참을 걷던 강유진은 주상복합 아파트 앞에서 우뚝 멈춰 섰다. 전봇대에 그토록 찾아 헤매던 경비원 모집의 전단지가 붙어 있었다.

경비원 급구

인　원 : 0명

근무지 : 한라건설 주상복합 아파트 지하 1층

연락처 : 마리나 미술관 02－538－XXXX

망설임은 사치다.

강유진은 마리나 미술관의 입구를 찾아 성큼 성큼 내려갔다.

사설 미술관의 관장은 육십 대로 보이는 노인이었다.

"그래, 전에는 무슨 일을 했고?"

"작년까지 대성그룹의 총무과에서 일을 했습니다."

"흐음, 대성그룹이라…… 아직 젊은데 정리해고라도 당한 건가?"

관장은 자신의 질문이 조금 직설적이었다는 생각에 헛기침을 했다. 정리해고가 아니면 다시 구직을 하러 돌아다닐 일이 없기 때문이다.

"예."

미술관의 관장 이운학은 눈앞의 사내를 이리저리 살폈다. 선한 인상이 믿음은 가는데, 아무래도 체력이 약해 보인다.

"경비업체와의 트러블로 급하게 경비를 구하고 있어서 가능하면 고용하고 싶지만…… 몸이 좀 약해 보이는데, 괜찮겠나?"

"하하, 겉으로만 그렇게 보이지 사실 제가 통뼈입니다."

"사대보험에 월급은 초봉이 120만이야. 어떤가?"

"좋습니다!"

"흠, 이력서는 가지고 왔나?"

"여기 있습니다."

강유진은 품 안에서 이력서를 꺼내 관장에게 내밀었다.

이운학이 이력서를 읽으며 중얼거렸다.

"사위가 둘이 있는데 첫째 사위가 검사고, 둘째 사위가 강남서 형사반장이야. 셋째 딸은 눈이 높아서 아직 혼자지만…… 험, 험, 이력서를 조회할 동안 잠시만 기다려보게."

"예."

이운학이 전화를 하는 동안 강유진은 관장실에서 나가 화랑을 구경했다.

그림과 각종 디자인들이 벽을 빼곡히 채우고 있다. 입구 쪽의 대형 걸개에 '예술과 상업의 만남'이라는 광고 문구가 적혀 있었다. 단순히 그림만 전시하는 곳이 아닌 모양이다.

화랑을 한 바퀴 돌았을 무렵 이운학이 웃으며 나왔다.

"이거 참, 경비로 쓰기에는 너무 아까운 이력인데…… 일단 함께 일하다가 더 좋은 자리가 나는지 알아보자고. 내일 아침 8시에 출근하면 되네."

"감사합니다."

강유진이 머리를 숙였다. 인사치레가 아니라 진심으로 감사하고 있었다. 거의 1년 만에 다시 갖게 된 직장인지라 가슴까지 벅찼다.

* * *

다음 날 아침 일찍 미술관에 출근한 강유진은 새로운 사실을 알게 되었다. 마리나 미술관의 경비가 자기밖에 없다는 것이다. 물론 상가 내에 다른 경비원들이 없는 것은 아니다. 하지만 그들은 미술관 근처로는 발걸음도 하지 않았다. 마치 경비원들이 미술관만 왕따를 시키고 있는 그런 분위기였다.

강유진이 의아해하자 이운학 관장은 그간의 일을 털어놓았다.

원래 주상복합 건물의 경비는 일해보안이라는 사설 경비업체가 맡고 있었다. 그런데 경비실장이 근무 시간에 농땡이를 치다가 이운학 관장에게 몇 번 걸렸던 모양이다.

이운학 관장은 경비실장에게 주의를 주고 시정을 요구했는데, 그 과정에서 고성이 오갔다고 한다. 경비실장이 오히려 이운학 관장에게 삿대질을 하고 덤벼든 것이다. 나중에 알고 보니 경비실장은 일해보안 사장의 조카라고 했다.

한편 경비실장과 경비들의 말만 듣고 화가 난 일해보안은 '마리나 미술관은 경비 대상에서 제외할 테니 다른 업체를 구하라.'고 통보했다.

배경이라면 이운학 관장도 경비실장 못지않다. 감정싸움이 벌어지자 이운학 관장은 검사와 경찰반장 사위를 믿고 일해보안의 결정을 흔쾌히 받아들였다. 어차피 밤에는 무인경비시스템에 맡겨놨으니 주간의 경비만 하나 구하면 된다고 생각했던 것이다.

하지만 현실은 그렇게 간단하지 않았다. 우선 상가연합회에서 단체로 의뢰하던 것을 개인이 하려니 지출이 만만치 않았다. 설상가상으로 일해보안에서 무슨 소리를 했는지 다른 경비업체들까지 미술관의 경비를 피했다.

다급해진 것은 이운학 관장이다. 평소 때라면 혼자 지키고 있어도 그만이다. 하지만 한 달 후에 전시회가 잡혀 있었다. 전시회에는 고가의 미술품이 들어오므로 어떻게든 경비를 구해야 했다. 그러자면 일해보안에 머리를 숙여야 하는데, 죽어도 그러고 싶지는 않았다. 그래서 생각해낸 것이 직접 경비를 구하는 것이었다. 신원조회는 물론 사위들에게 부탁할 생각으로 말이다.

내막은 알게 됐지만 그렇다고 상황이 개선되지는 않았다. 그 바람에 강유진만 경비들과 관장의 눈치를 살피느라 정신이 없었다. 경비들은 갑자기 굴러들어온 강유진을 개나 소 보듯 했고, 이운학 관장은 만날 때마다 경우가 없는 사람들이라며 다른 경비들을 비난했기 때문이다.

그래도 시간이 약이다. 일주일쯤 지나자 경비의 일도 익숙해졌다. 시간 나는 대로 이것저것 집어먹어 체력도 회복했다.

그렇게 열흘쯤 지났을까?

퇴근 준비를 하는데 이운학 관장이 불렀다.

"전시회를 위해서 내일부터 사흘간 내부 인테리어 공사에 들어갈 예정이네. 그동안은 자네도 출근하지 않아도 돼."

"예."

강유진은 속으로 만세를 불렀다.

그렇지 않아도 오파츠를 마저 연구하고 싶어서 몸이 근질거리던 참이다.

"그럼 저는 27일에 출근을 하면 되는 건가요?"

"그렇지. 그때부터는 눈코 뜰 새 없이 바빠질 걸세."

"알겠습니다."

퇴근길에 강유진은 연신 실실 웃었다. 얼떨결에 얻게 된 사흘간의 휴가! 생각만 해도 즐거웠다.

원룸텔로 돌아와 간단하게 저녁을 먹자마자 다시 오파츠를 꺼내들었다. 한 번 했던 일이라 두 번째는 더 쉽고 빨랐다.

눈앞에 떠오른 세 개의 도형을 겹치자 섬광이 번쩍였다.

어느새 아이는 소년이 되어 있었다.

이제는 퇴색한 빛깔의 여자가 소년에게 말했다.

"카론, 우주에는 몇 개의 차원이 있다고 했지?"

"음…… 종족마다 알 수 있는 차원이 달라요. 타이탄은 서른여섯 개, 루인족은 열일곱 개, 엘프는 네 개, 기니는 세 개의 차원을 알고 있어요."

"그래, 잊지 않았구나. 오늘 너에게 가르쳐줄 것은 바로 36차원의 신비에 대해서란다."

"타이탄만 알고 있다는 36차원이요?"

"그래, 타이탄이 알고 있는 우주는 36차원이야. 물론 그건 타이탄이 알고 있는 게 그렇다는 거지 우주가 36차원으로 끝이라는 말은 아니란다. 타이탄의 가르침에 의하면 우주는 그보다 더 넓고 지금도 계속 확장되고 있으니까."

"와아! 저는 타이탄이 정말 존경스러워요."

"후후……."

여자의 얼굴에 미소가 떠올랐다.

“계속 들어보거라. 36차원이 있지만 생명체가 살 수 있는 차원은 많지 않단다. 타이탄은 그들의 지혜를 총동원해서 차원을 탐사했어. 그리고 놀라운 사실을 알게 됐지.”

“뭘 알게 되었는데요?”

“서른여섯 개의 차원 중 자그마치 다섯 개의 차원에서 타이탄에 버금가는 생체에너지가 발견된 거야. 선택받은 종족이라 믿고 있던 타이탄에게 그것은 충격이었지.”

“잘 모르겠어요.”

카론이 고개를 갸웃거렸다. 태어날 때부터 루인족인 카론의 머리로는 믿음이나 다른 차원의 이야기가 납득이 가지 않았던 것이다.

“타이탄은 그들이 살고 있는 우주를 엘이 창조했다고 믿고 있었단다. 그리고 엘에게 가장 가까운 피조물이 자신들이라고 믿었지. 그런데 자신과 비슷한 능력을 가진 다른 차원의 생명체를 봤을 때 기분이 어땠겠니? 타이탄은 엘에 대한 신앙이 흔들렸어.”

“다섯 차원의 생명체가 그렇게 대단했나요?”

“언젠가 너도 알게 될 날이 올 거야.”

여자는 마치 다섯 차원의 생명체를 모두 본 것 같은 얼굴이었다.

“카론, 차원이라고 모두 생명체가 살고 있는 것은 아니란다. 예를 들자면 어떤 차원은 시간으로만 존재하고, 또 어떤 차원은 공간만 있기도 하지. 사실 지적 생명체가 살고 있는 차원은 그리 많지 않았단다. 타이탄은 그중에서 신비한 다섯 개의 차원을 찾아낸 거야. 거의 천 년에 걸쳐서 말이지……. 차원을 탐사하면서 목숨을 잃은 타이탄도 많았단다. 하지만 위대한 타이탄은 그것으로 끝내지 않았어. 다른 차원의 생체에너지를 이용할 수 있는 방법을 개발하고 만 거야."

"와아! 천 년이나 걸려서요?"

"그래, 타이탄의 역사가 천 년이니…… 차원의 신비를 연구하는 데 모든 것을 걸었던 셈이지."

카론의 입이 쩍 벌어졌다.

저 위대한 타이탄의 지혜로 무려 천 년이나 걸려서 알아낸 것이라니! 루인족은 만 년이 지나도 알 수 없을 것이었다.

"기억해 두거라. 5차원과 8차원과 13차원과 21차원과 34차원의 이름을."

"5, 8, 13, 21, 34 차원요?"

"그래, 36차원의 우주 중에서 그 다섯 개 차원에서만 타이탄에 버금가는 존재가 발견되었어. 타이탄은 그 존재들을 각각 아이엔, 플라멘, 클레베스, 벤투스, 루카라고 불렀단다. 이 땅에 사는 이종족(異種族)들은 그들을 요정, 정령, 신 등의 이름으로 불렀지만…… 사실 그들은 타이탄이 불러낸 다섯 개 차원의 지능을 가진 생체에너지란다."

"아, 너무 어려워요. 그런데 우리 루인족은 17차원밖에 모른다고 했잖아요?"

카론은 엄마로 여기고 있는 여자가 36차원의 신비와 다섯 개 차원의 존재를 가르쳐주자 고개를 갸웃거렸다. 엄마도 자신과 같은 루인족인데 어떻게 그런 신비한 지식을 알고 있다는 걸까?

그런 카론의 마음을 알고 있다는 듯 여자가 담담하게 말했다.

"나는 루인족이 아니란다."

"응? 그럼?"

자애로운 눈으로 카론을 바라보던 여자가 담담하게 말했다.

"사실 이 흑탑은 타이탄이 다른 종족들을 위해 세운 제단이란다. 타이탄이 만들었지만 다른 종족을 위한 것이었지."

"타, 타이탄이 만들어요?"

여자가 웃으며 고개를 끄덕였다.

"그래, 네가 보고 있는 나는 타이탄이 만든 흑탑의 초자아(超自我)라고 할 수 있단다."

"……."

카론이 멍한 눈으로 여자를 바라보았다. 거의 공황 상태에 빠진 표정이다. 지금까지 엄마로 알고 있던 상대가 흑탑의 초자아라니?

"그래서 엘은 흑탑을 땅 밑에 묻지 않았단다. 엘이 아니라 다른 종족을 위해 만들어진 처음이자 마지막 제단이었으니까."

"어떻게 그런……."

여자, 즉 흑탑의 초자아는 카론에게 진실을 알려야 할 때가 되었음을 깨달았다.

"원래는 타이탄의 멸망과 함께 우리도 기능을 멈췄어야 하지만 어찌 된 일인지 그렇게 되지 않았단다. 아마도 그건 엘의 뜻이었을 거야. 어쨌든 우리는 타이탄이 멸망당한 뒤로 다른 종족들에게 화가 나 있었어. 그래서 지난 수백 년 동안 스스로를 어둠 속에 봉인시켜 버렸지. 우리가 빛 한 점 들어오지 않는 흑탑이 된 것은 그런 이유에서란다. 다른 종족들의 눈에 흑탑은 쓸모없는 것처럼 보였을 거야."

"……."

"십칠 년 전, 루인족의 여자가 너를 흑탑에 넣고 사라졌단다. 우리는 오랫동안 여자를 기다렸지만 여자는 다시 돌아오지 않았어."

"나, 나는 버림받았던 건가요?"

카론은 엄마가 흑탑이었다는 것보다 자신이 버림받은 아이라는 사실에 더 충격을 받은 것 같았다.

"여자에게 다시 돌아오지 못할 사정이 생겼을지도 모르지. 그때는 세상이 한창 전란(戰亂)에 휩싸였을 때니까."

"전란요?"

흑탑 안에서만 살아온 카론은 외부의 사정을 전혀 알 수 없었다.

"그래, 타이탄의 신전 때문에 큰 전쟁이 일어났었지. 그때 세상의 절반이 황폐화되었단다."

"타이탄의 신전이 나타났나요?"

"사실 최초의 신전은 게른 왕국에서 이십 년 전에 발굴되었어. 게른 왕국은 삼 년간 숨겼지만 결국 들통이 나고 말았지. 그 뒤로 신전 발굴의 열풍이 일어났단다. 다른 나라의 신전을 빼앗기 위한 전쟁도 곳곳에서 벌어졌고……."

"하지만, 신전은 발굴하면 안 되는 거잖아요."

"그래, 하지만 타이탄의 신전에서 나오는 물건들은 네피림의 저주를 한낱 전설로 치부해 버리기에 충분했단다."

"신전의 물건이요?"

"이종족들은 꿈도 꿀 수 없는, 타이탄의 지혜로 만든 각종 기계와 신성력이 깃든 마법 무구(武具)들. 루인족은 타이탄의 물건으로 세계를 다스리려고 한 거야. 그게 멸망으로 가는 지름길인 줄도 모르고……."

"그래서 전쟁이 일어났군요. 저를 낳은 어머니도…… 죽은 걸까요?"

"……."

여자가 안쓰러운 표정으로 카론을 바라보았다.

카론의 생모는 단지 버렸을 뿐이다. 하지만 카론은 피치 못할 사정이 생겨서 오지 못한 것으로 믿고 싶어 했다. 그런 카론의 마음에 상처를 입힐 수는 없었다.

"그럴지도…… 전쟁은 여자와 아이들에게 가장 잔혹하니까……."

"우리 루인족은 정말 어리석군요……."

카론이 침울해하자 여자가 급히 주제를 바꾸었다.

"그래서 우리는 죽어가는 너를 살리기로 했지. 흑탑에 깃들어 있던 타이탄의 신성력을 모아 루인족의 여자를 형상화하고, 너를 키웠단다."

카론이 힘없는 소리로 중얼거렸다.

"고마워요……."

"너는 우리의 아들이나 다름없단다."

"늘 궁금했어요. 왜 항상 '우리' 라고 말씀하시는지……."

그리고 왜 손으로 안을 수 없는 것인지…….

"타이탄은 흑탑에 다른 종족들의 특성에 맞는 자아를 부여했지. 그리고 혹시라도 분열을 일으킬까 봐 초자아인 나를 창조했단다. 나는 내 안에 있는 다른 종족들의 자아와 너의 문제를 의논해야 했고, 그러다 보니 우리라는 말을 쓰게 된 거란다."

"어머니, 그럼 저는 누구의 아들인가요? 타이탄인가요? 루인족의 아들인가요? 아니면……."

갑자기 카론은 정체성의 혼란이 왔다. 루인족인 자신을 타이탄이 만든 탑의 여러 자아들이 키웠다니 머리가 복잡해졌던 것이다.

"카론, 너는 엘의 마지막 아들이다."

"엘 님의 아들요?"

"그래, 우리를 만든 타이탄이 엘의 자식이니, 너 역시 엘의 자식이 되는 거지.”

“그런데 어머니는 왜 엘 님을 엘이라고 불러요? 어머니를 만든 타이탄의 창조신이면, 어머니의 창조신이기도 하잖아요.”

“글쎄다. 타이탄이 흑탑을 만들 때 엘에게 사소한 불만이 있었는지도 모르지. 우리의 자아는 타이탄이 부여한 것이니까.”

“어머니, 그런데 타이탄의 신전은 몇 개나 발굴되었나요?”

“이미 구백 개가 세상에 나왔단다.”

“헛! 겨우 이십 년 동안에 그렇게 많이요?”

“후후, 놀랄 일도 아니지. 루인족의 욕망은 타이탄의 신성력에 버금가는 힘을 가지고 있으니까…….”

“그렇다면 저는 신전의 발굴을 막겠어요!”

“카론, 그건 불가능한 일이야. 오늘날 루인족이 세운 제국(帝國)과 연맹(聯盟)의 힘은 과거 타이탄을 멸망시킨 세 종족의 연합보다 더 강해.”

“그래도…… 이대로 세상이 멸망하는 것을 지켜볼 수는 없잖아요.”

이 세상 어딘가에는 아직 어머니가 살아 있을지도 모른다. 아니 살아 있다. 살아 있어야 한다. 비록 얼굴도 모르는 어머니지만 지켜주고 싶었다.

…….

여자가 조금은 쓸쓸한 표정으로 카론을 바라보았다.

제6화

차원의 힘

장면이 바뀌었다.

소년 카론은 말을 잃었다. 오직 미친 듯이 마법이라 불리는 학문을 익혔다.

그동안 여자는 몇 번이나 카론의 마음을 바꾸려 했지만, 카론은 고집을 꺾지 않았다.

그날도 카론은 허공에 마법의 수인(手印)을 맺는 데 열중하고 있었다. 모두 여자가 가르쳐준 기술인데 생각만큼 쉽지 않은 모양이다.

어둠 속에서 희미한 빛이 흘러나왔다. 여자가 모습을 드러낸 것이다.

여자는 슬픈 눈으로 카론을 바라보고 있었다. 타이탄의 저주가 실현되기를 바라는 마음과 카론을 돕고자 하는 마음 사이에서 갈등하고 있는 것 같았다.

“카론, 아직도 너는 세상을 구하고 싶으니?”

“네…….”

“하지만 신전의 재물에 눈이 먼 루인족은 그런 너를 이해하지 못할 거야. 그들의 욕망과 맞서려면 목숨을 걸어야 할지도 몰라.”

“그래도, 그렇게 하겠어요.”

“하아! 네 뜻이 그렇다면……. 너에게 타이탄의 기술을 가르쳐 주도록 하마.”

“네? 그게 정말인가요?”

“그래, 너는 우리의 아들이자 엘의 아들이니 배울 자격이 있다.”

“야호!”

카론이 주먹을 불끈 쥐고 제자리에서 펄쩍 뛰어올랐다. 곱상한 얼굴까지 흥분으로 붉게 달아올랐다. 지금까지 타이탄이 얼마나 위대한 종족인지 귀에 못이 박히도록 들었다. 그런데 그들의 기술을 가르쳐주겠다니 심장이 터져나갈 것 같았다.

“하지만 루인족은 신체적 특성이 달라서 타이탄의 모든 것을 배울 수는 없단다.”

곁에서 지켜보고 있던 강유진이 고개를 끄덕였다.

지금까지 보고 들은 바에 따르면 타이탄은 키가 최소 10미터에서 최고 30미터에 이르는 거인들이다. 다 성장해 봐야 고작 1미터 20센티미터인 루인족과는 달라도 너무 달랐다.

"그럼……."

"너에게 차원의 힘을 어떻게 사용하는지 가르쳐주마……."

"차원의 힘이요?"

"그래, 타이탄이 가진 궁극의 지혜와 신성력으로 만든…… 어쩌면 그것이야말로 타이탄의 모든 것이라고 할 수 있는 힘."

말과 함께 여자가 바닥으로 손을 뻗었다.

여자의 손가락이 지나는 자리마다 선명한 빛줄기가 솟아나 기하학적인 문양을 만들어갔다.

"우선 에르를 기억해 두어라. 이것은 차원의 문을 여는 '열쇠'란다. 이 열쇠 속에는 다섯 개 차원의 '절대좌표'와 '시공(時空)의 문'을 열고 닫을 수 있는 수식(數式)이 숨겨져 있단다."

여자가 두 번째 그림을 그려 나갔다.

"이건 쉬, 타이탄이 '영혼의 결계'라고 부르던 것이다. 다섯 개 차원에 존재하는 생명체를 속박하는 능력이 숨겨져 있지."

여자가 세 번째 그림을 그렸다.

"마지막은 바쿰, 타이탄의 왕 네피림이 엘의 신성력과 같다고 자부하던 '지배자의 권능'이다. 이것으로 타이탄은 다섯 개 차원에서 불러낸 힘을 변형하거나 강화할 수가 있었지."

바닥에 그려진 세 개의 기하학적인 문양을 살피던 카론이 물었다.

"에르 쉬 바쿰? 이 세 개의 그림을 외우기만 하면 되나요?"

"후후, 그렇게 간단하지는 않아. 바라는 것을 이루어주는 타이탄의 신성력이 없으면 저것은 단지 정교한 그림에 불과하단다. 세상에서 오직 타이탄만이 저 기술을 사용할 수 있었던 것도 그런 이유 때문이야. 저 세 개의 그림은 하나가 되어야 하는데, 오직 타이탄의 신성력만이 저것을 하나로 묶을 수가 있지."

"그럼 저는 어떻게?"

여자가 카론의 머리에 손을 얹었다.

여자의 손바닥에서 파란빛이 쏟아져 나왔다.

파란빛은 이내 카론의 몸으로 스며들었다.

"슬프게도 세상의 종말을 지켜봐야 하는 나의 아들 카론…… 이 세계에 남아 있던 타이탄의 마지막 신성력을 받았으니 너는 진정한 타이탄의 아들이 되었구나."

여자의 몸이 꺼질 듯 깜빡거렸다.

상대적으로 카론의 몸에서 흘러나오는 빛은 점점 강해졌다.

얼마 후 카론이 결연한 어조로 말했다.

"어머니…… 저는 타이탄의 권능으로 세상의 종말을 막겠어요."

카론은 어머니가 세상의 종말을 바라고 있다는 것을 알고 있다.

그렇다고 해서 어머니를 속이고 싶지도 않았다.

여자가 중얼거렸다.

“모든 것은 엘의 뜻대로…….”

곧이어 여자는 처연한 표정으로 카론을 바라보았다.

“카론…… 이제 우리의 인연은 끝이 났다…….”

“어머니, 그게 무슨 말씀이세요?”

“흑탑에 깃들어 있던 타이탄의 신성력을 너에게 주었으니…… 흑탑은 세월의 힘을 이기지 못해 먼지로 사라지게 될 게다.”

“어, 어머니, 그럼 어서 다시 가져가세요! 저는 괜찮아요!”

“괜찮다. 흑탑은 껍데기일 뿐이니 슬퍼하지 마라. 우리의 신성력이 너에게 전해졌으니, 이제부터 우리는 너와 함께 살아가게 될 거야.”

“그, 그래도, 싫어요! 저는 여기서 어머니와 함께 살 거예요! 제가 잘못했어요!”

“카론, 마음을 가라앉히고 들으렴. 이제부터는 마음으로 생각한 것들이 너의 눈앞에 나타날 거야. 먼저 세 개의 그림을 떠올리고 하나로 만들거라. 그러면 타이탄의 권능으로…… 네가 바라던 모든 일이 현실에서 이루어질 거다.”

“싫어요! 그냥 없었던 일로 해주세요!”

여자가 고개를 저으며 말했다.

“알겠지? 그림이 합쳐지면 지체 없이 다섯 개의 차원을 생각해야 한다. 그러면 다섯 차원의 문이 나타날 거야. 그때 진실된 마음으로 그들의 이름을 부르거라. 그러면…… 시공의 문을 열고 나와서 너의 가장 소중한 친구가 되어줄 거야……."

"싫다구요!"

"카론…… 이제 넓은 세상으로 가거라. 좋은 기억이었다…… 너의 뜻이 이루어지기를……."

파아앗.

여자의 몸이 갑자기 흩어졌다.

"엄마! 엄마!"

카론의 애끓는 외침에도 불구하고 여자의 몸은 한순간에 불꽃처럼 흩어져 하늘로 훨훨 날아 올라갔다.

콰르르르.

곧이어 흑탑이 꼭대기부터 녹아서 흘러내렸다.

눈부신 태양 아래 흑탑의 내부가 고스란히 드러났다.

"아악!"

강렬한 햇빛에 놀란 카론이 두 손으로 눈을 가렸다.

놀라기는 강유진도 마찬가지다.

어두운 길을 느긋하게 걷다가 돌연 자동차의 상향등을 마주한 꼴이 되고 말았다.

방향감을 상실한 산짐승처럼 어쩔 줄 몰라 하고 있는데 몸이 뒤로 밀려나기 시작했다. 곧이어 영원처럼 긴 시간과 공간의 터널에 빠져들었다.

한참 만에 강유진이 눈을 떴다.

문득 오파츠를 내려다보던 강유진의 입에서 탄성이 흘러나왔다. 짙은 바다 빛깔의 오파츠는 칙칙한 철판으로 변해 있었다.

"남아 있던 기억이 사라진 건가……."

다른 두 개의 오파츠로 시선을 돌렸다. 두 개는 여전히 바다 빛깔을 품고 있었다.

강유진은 가슴을 쓸어내렸다. 만약 오파츠 세 개가 한꺼번에 고철로 변했다면 쓸쓸했을 것이다.

"이제 보니 오파츠는 카론의 기억이었구나."

처음에는 흑탑의 초자아가 만든 줄 알았다. 하지만 조금 전 흑탑의 초자아는 소멸했다. 하지만 오파츠는 아직도 두 개나 남아 있었다. 오파츠를 남긴 존재가 카론이라는 뜻이다.

카론은 어떤 사람으로 성장했을까? 세상의 종말을 막았을까?

그 뒷이야기는 나머지 두 개의 오파츠에 담겨 있을 것이다.

궁금했지만 서두르지 않았다.

휴대전화를 눌러 날짜와 시간을 보니 26일 새벽 2시다. 출근까지 아직 하루가 남은 셈이다.

하루를 더 쉴 수 있다고 생각하니 안도의 숨이 흘러나왔다.

*　　*　　*

강유진은 사흘간의 휴가를 끝내고 미술관으로 출근했다. 전시회에 맞춰 인테리어를 새로 한 미술관은 몰라보게 달라져 있었다. 전시될 작품이 무엇이기에 이 정도로 공을 들이는지 궁금할 정도다.

경비원으로 강유진이 하는 일은 단순했다. 허리에 가스총을 차고 미술관 한쪽 구석에 서 있거나, 이쪽 끝에서 저쪽 끝까지 왕래하는 것이 하는 일의 전부였다.

점심은 특별한 일이 없는 한 이운학과 함께 식사를 했다.

그날도 이운학은 강유진을 관장실로 불렀다. 보나마나 함께 식사를 하기 위해서다.

식사 중에 강유진이 슬쩍 궁금한 것을 물었다.

"관장님, 원래 전시회를 위해서 이렇게 대대적인 인테리어를 하나요?"

"허허, 그럴 리가 있나. 그랬다가는 살아남을 미술관이 없겠지."

"여기는 전시회 때문에 인테리어를 다시 한다고 하지 않으셨습니까?"

"어떤 전시회냐에 따라 다르지. 나흘 후에 우리 미술관에서 전시할 그림은 서양화가 김재구의 회화들이라네."

"김재구요?"

이운학이 웃으며 고개를 끄덕였다.

"그래, 김재구 화백은 대한민국 최고의 화가로 불리는 신화적인 인물이지."

"아! 그런 쪽으로는 제가 문외한이라서."

"뭐, 그럴 수도 있지. 김 화백의 회화 한 점의 가격은 1억에서 최고 5억까지 간다네. 그런 작품이 무려 30점이나 전시가 될 예정이야. 그것만 해도 무려 120억 이상의 가치를 가진 그림들이지. 어디 그뿐인가! 거기에 김 화백이 지인인 최홍선 화백의 유작 '꿈꾸는 소녀'까지 전시해 주겠다고 했으니, 나도 신경을 좀 써줘야 하지 않겠나?"

김재구나 최홍선을 모르는 강유진은 무덤덤한 표정이다.

"흠, 알아듣기 쉽게 말하자면 최홍선이 남긴 '꿈꾸는 소녀'는 50억 이상의 가치가 있는 그림이라네. 그냥 부르는 게 값이지. 장차관들이 재테크를 위해 찾는 미술품 중에 선호도 1위가 '꿈꾸는 소녀'야. 하지만 김재구는 그 그림을 누구에게도 팔지 않았지. 심지어 보여주려고 하지도 않았다네. 그런 그림을 함께 전시해 주겠다고 하니 이 정도 인테리어는 약과가 아닌가?"

"관장님과 친분이 있으신가 보죠?"

"우리 셋은 막역한 사이였다네."

"아!"

"유학까지 함께 갔다 왔는데, 둘은 화가가 되고 나는 미술관을 차렸지."

"그러셨군요. 그런데 그런 고가의 그림이 전시된다면 경비원이 더 필요하지 않겠습니까?"

"당연하지. 전시회 기간 중에는 한국보안서비스에서 다섯 명의 경비원을 임시로 고용할 생각이네. 자네를 포함해서 여섯 명이 2인 1조로 근무하게 될 걸세."

"아! 전시회 기간에는 야간 근무도 할 건가 보죠?"

"그렇다네. 무인경비시스템이야 재빨리 털어 가면 그만 아닌가? 초고가의 그림을 전시하면서 모험을 할 수는 없지. 자네도 그 기간에는 주야간 교대로 여덟 시간씩 근무를 하게 될 걸세. 혹시 야간 근무가 안 되는 건 아니겠지?"

"예, 저야 뭐 돌아가면 할 일도 없는데요. 야간 근무도 문제없습니다."

"다행이로군. 그래도 전시회 기간의 근무 시간이 평소보다 두 시간 정도 짧으니까 손해는 아닐 거야."

"정말 그러네요."

강유진이 웃으며 고개를 끄덕였다.

평일에는 오전 8시~오후 6시까지 열 시간 동안 근무를 했다. 그런데 전시회 기간의 근무는 여덟 시간이라니 근무 환경은 더 좋아진 셈이다.

"전시회는 며칠이나 계속되나요?"

"일주일 동안 전시할 걸세."

"그렇군요."

"자네는 우리 미술관의 직원이라고 해도 과언이 아니니 신경을 좀 써주게. 요즘은 세상이 워낙 뒤숭숭해서."

"최선을 다하겠습니다."

이운학의 얼굴에 흡족한 미소가 떠올랐다. 나이도 많고 약골로 보이는 게 조금 흠이지만 왠지 믿음이 가는 얼굴이다.

사흘이 훌쩍 지나갔다.

강유진은 일찌감치 원룸텔을 나섰다. 전시회는 내일인 30일부터지만 그림이 들어오는 날은 오늘이었다. 고가의 미술품을 지켜야 한다고 생각하자 가볍게 긴장이 됐다.

골목 어귀에 화려한 플래카드가 붙어 있었다.

"서양화가 김재구 화백의 아홉 번째 전시회를 축하합니다? 아홉 번째 전시회였군. 그런데 난 왜 이런 게 있었다는 걸 모르고 살았지?"

먹고 사느라 바빠서 예술을 감상할 시간이 없었을까? 아니면 진짜 이런 쪽으로는 관심이 없어서였을까? 어쩌면 둘 다 해당될지도 모른다고 생각했다.

상가 곳곳에 풀이 채 마르지 않은 포스터가 보였다.

"자본은 이렇게 돌고 도는 거지……."

화백은 전시회를 열고, 인쇄소에서는 그 전시회의 포스터를 제작하고, 또 다른 누군가는 풀통을 들고 다니며 붙인다. 아름다운 세상이 아닌가! 이왕이면 풀칠을 하는 것보다 제작을 하거나, 그림을 그리거나, 남의 그림을 감상하러 다니는 인생이 좋겠지만 말이다.

강유진은 포스터를 건성으로 읽으며 지하로 내려갔다.

문이 열려 있는 것을 보니 오늘도 관장이 먼저 와서 기다리고 있는 모양이다. 시계를 보니 아직 7시 40분이었다.

'쯧, 늙으면 아침잠이 없다더니…….'

8시부터 근무 시간인데도 언제나 먼저 나와서 기다리고 있는 이운학 관장을 보면 은근히 신경이 쓰였다. 그래도 일찍 나갈 생각은 없었다. 계약은 계약이니까.

"일찍 왔구먼."

"아, 예, 긴장이 조금 돼서요."

"너무 긴장할 것 없네. 미술관에서의 경비는 일종의 시위용이니까. 드나드는 손님들도 점잖아서 실제로 힘을 쓸 일은 거의 없다네."

"물건은 몇 시에 들어온다고 하셨죠?"

"허허, 이 사람아, 물건이 뭔가? 그래도 명색이 미술관인네…… 작품은 10시에 들어올 걸세. 조금 있으면 한국보안서비스에서도 경비원들이 올 걸세. 이쪽의 경비가 많았으면 더 그럴듯했겠지만, 그 버릇없는 경비실장 때문에…… 쯧쯧."

강유진이 난감한 미소를 지었다.

부실의 원인은 자신에게 있다는 자책 때문이다. 만약 새로 구한 경비가 신체 건강한 이삼십 대 남자였으면 이운학이 혀를 찰 일도 없었을 것이 아닌가?

"험험, 그렇다고 자네가 그럴듯하지 않다는 것은 아닐세."

"관장님, 저도 은근 강골입니다."

"그나저나 한국보안 사람들은 왜 아직 안 오지? 8시까지 오기로 했는데……."

"기다려보세요. 아직 7시 50분이니까요. 저는 옷 먼저 갈아입겠습니다."

"수고하게. 이따가 한국보안 사람들이 오면 부르겠네."

"예."

강유진은 직원휴게실로 가서 경비원 제복을 입었다. 허리에 가스총까지 차고 거울을 보자 제법 그럴듯해 보인다.

휘익. 철컥.

재빨리 총을 뽑아보았다.

거울로 보니 어릴 때 서부영화에서 보던 보안관의 모습 그대로다.

탕. 탕. 탕.

"후욱~."

나오지도 않는 총신의 연기를 불고 가스총을 다시 권총집에 넣었다.

세 번 정도 더 권총을 뽑자 만족한 속도가 나왔다.

강유진은 거울로 앞모습과 옆모습을 비춰본 후에 미술관으로 나가서 자리를 지켰다.

한국보안서비스의 직원들은 정확하게 8시에 들어왔다. 강유진은 속으로 '나보다 더 깍쟁이들이네.' 라고 중얼거렸다. 첫날이니까 일찍 올 법도 한데, 마치 문 앞에 서 있다가 시간을 확인하고 들어온 것처럼 칼 같았다.

다섯 명의 경비원이 오자 관장은 강유진도 불렀다.

강유진은 한국보안서비스의 경비들이 마음에 들지 않았다. 정식으로 인사를 나눌 때 그들이 실실 웃었기 때문이다. 초면에 '경계를 풀자고 미소 짓는 것' 과 '오픈카를 타고 있는 도시 청년이 경운기를 몰고 가는 농촌 총각을 보며 웃는 것' 은 차이가 나기 마련이다.

인사가 끝나자 한국보안서비스의 보안팀장이라는 민영식이 시간표를 내보였다.

"그쪽은 초보자라고 해서 우리가 일단 만들어왔습니다. 여기 빈 칸이 그쪽이 근무할 시간입니다. 시간을 확인해 주시고, 옮기고 싶으면 지금 말씀해 주십쇼."

삼십 대 초반으로 보이는 남자가 다짜고짜 그쪽이라고 하자 다시 기분이 상했다. 하지만 그걸 내색할 정도로 세상 경험이 없는 강유진은 아니다.

"저는 아무 시간이나 괜찮습니다."

"그럼 이렇게 하도록 하겠습니다. 관장님, 직원실이 따로 있습니까?"

"직원휴게실이 하나 있소."

"그럼 이 표는 휴게실에 붙여두도록 하겠습니다. 다들 안면을 익히셨을 테니 근무를 하지 않는 직원들은 돌려보내도록 하지요. 어떻습니까?"

민영식이 이운학 관장을 향해 물었다.

근무 시간표를 살피던 이운학이 만족한 듯 고개를 끄덕였다. 근무표에는 꼼꼼하게 사진까지 붙어 있어 외부인이 끼어들 틈은 없어 보인다. 어차피 오늘부터 8일간의 경비를 민영식에게 맡겼으니 그가 알아서 하게 두어야 했다.

민영식이 네 명의 경비원들을 향해 말했다.

"다른 사람들은 근무 교대 시간을 숙지한 후에 돌아가도록 하세요. 근무 교대 삼십 분 전에 와서 준비하시기 바랍니다. 만약 교대 십오 분 전까지 출근하지 않으면 즉시 본사에 연락해서 대타를 지원받을 겁니다. 십오 분까지 못 가겠다 생각되면 아예 출근하지 마세요. 어차피 다른 사람이 대신하고 있을 테니까. 대신 감봉에 벌점처리까지 연타로 들어가는 것 알아두시고요."

"알고 있습니다. 그럼 먼저 가겠습니다."

"팀장님, 수고하십쇼."

"이따가 봅시다."

네 명의 경비들이 팀장에게 인사를 하고는 나가 버렸다.

바글대던 사람들이 빠져나가니 한적한 느낌까지 든다.

민영식이 자리에서 일어났다.

"지금부터 근무 시작하도록 하지요."

처음부터 정복을 착용하고 온 민영식인지라 갈아입을 필요도 없었다.

강유진이 어정쩡하게 따라 일어섰다.

"아, 그리고 이것 가지고 계십시오."

민영식이 강유진의 앞으로 소형 무전기를 내밀었다.

강유진은 얼떨결에 두 손으로 무전기를 받았다. 잘못해서 떨어질까 봐 본능적으로 두 손이 나간 것이다. 전해지는 중량감이 영화에서나 보던 진짜 무전기 같다.

"사용법은 간단합니다. 주파수는 맞춰져 있으니까, 그 버튼을 누르고 말하면 됩니다. 말한 뒤에는 즉시 버튼에서 손을 떼고요. 버튼에서 손을 떼지 않으면 상대의 말이 들리지 않으니까요. 아시겠죠? 내가 말할 때는 누르고, 보통 때나 상대의 말을 들을 때는 손을 떼는 겁니다."

가만 보니 선생님이 아무것도 모르는 어린 학생을 지도하는 것 같다.

강유진이 너털웃음을 흘리며 답했다.

"하하, 알고 있습니다. 군대에 있을 때 잠깐 무전병도 했었으니까요. 혹시 P77(PRC-77)이라고 아십니까?"

"잘 모르는데요……."

"배낭처럼 등에 매는 무전기죠. 제가 이등병 시절에 몇 달 동안 그거 메고 다닌 적이 있습니다."

"그러시군요. 그럼 일단 무전기에 대해서는 더 설명하지 않아도 되겠군요."

"뭐, 일단은 그렇습니다."

강유진이 어깨를 으쓱해 보였다. 이것으로 아까 실실 웃은 것에 대한 작은 복수는 마친 셈이다.

순간 한국보안서비스의 보안팀장 민영식과 경비원 강유진 사이에 묘한 기류가 형성됐다.

민영식과 강유진의 첫 공동경비는 그렇게 시작되었다.

특장차량이 회화 30여 점을 싣고 온 것은 오전 10시쯤이다. 기다리고 있던 회화 관리의 전문가들이 물건을 받아 미술관에 배치를 시작했다. 전시될 위치와 그림의 사이즈는 이미 정해져 있었기에 오후 6시 무렵에는 그 작업도 끝이 났다.

강유진은 4시에 교대를 했지만 작업이 끝날 때까지 미술관을 떠나지 않았다. 미술관 쪽 경비가 자신뿐이라는 데서 오는 미약한 책임감 때문이었다.

그 덕분에 강유진과 팀을 이룬 민영식도 쉽게 자리를 뜨지 못했다. 함께 근무한 '일개 경비도 퇴근을 미루고 있는데 보안팀장이나 돼서 훌쩍 갈 수는 없다' 고 생각한 것이다.

이운학 관장은 그런 강유진에게 더 고마움을 느꼈다. 빌딩을 경비하는 일해보안의 경비들이 대놓고 외면하는 상황에서 강유진의 적극적인 협조는 큰 위로가 됐다.

사실 그가 전시회에 실질적으로 도움이 되는 사람은 아니었다. 전시회는 큐레이터인 셋째 딸 이지영의 지휘만으로도 충분했다. 하지만 일해보안에서 험담을 해대고 있는 지금, 제3자인 강유진의 자발적인 협조는 큰 의미가 있었다. '관장의 인간성이 더러워서 경비들이 일 못하겠다더라.' 는 악질적인 소문에 대한 강한 반론과도 같았기 때문이다.

강유진은 평소와 같은 저녁 8시에 퇴근을 했다. 그리고 평소처럼 골목길을 걷고 있을 때다.

뒤쪽에서 누군가 소리쳤다.

"형씨, 잠깐 봅시다!"

누가 부르나 돌아보니 일해보안의 젊은 경비 하나가 손짓을 하고 있다.

그 옆으로 나이가 좀 들어 보이는 경비 하나가 더 서 있었다.

'같은 경비끼리 술이라도 한잔하자는 건가?'

강유진은 경비원들 간의 화합차원에서 그것도 괜찮겠다는 생각을 했다.

아니나 다를까? 각각 김광열, 최효종이라고 자신을 밝힌 경비원들이 '함께 술이나 한잔하자.' 고 한다. 일해보안의 경비들과 어느 정도 안면을 트고 지내야 한다고 생각하던 참이니 거절할 이유가 없다. 그동안 같은 경비끼리 모른 척하고 지내는 게 영 어색하던 참이 아닌가?

두 경비원이 강유진을 데리고 간 곳은 골목 뒤편의 포장마차였다.

일해보안의 경비들이 자주 들르는 곳인 듯 주인은 시키지 않았는데도 소주와 꼼장어를 내왔다.

"일단 한잔합시다."

김광열이 강유진의 앞에 있는 잔을 채웠다.

"감사합니다. 제가 따라드리겠습니다."

강유진이 소주를 집어 들자 김광열이 손을 저었다.

"괜찮수. 그냥 드슈. 우리는 우리가 알아서 마실 거요."

"아, 예……."

어째 기대했던 것과 달리 분위기가 좀 싸한 느낌이다. 아무래도 뭔가 할 말이 있어서 부른 것 같았다. 은근히 신경 쓰였지만 그렇다고 불안하거나 두렵지는 않았다. 한때 죽음까지 생각했던 사람이 무서울 게 뭐가 있다고?

강유진은 어색하게 웃으며 소주잔을 비웠다.

김광열이 묵직한 음성으로 말문을 열었다.

"단도직입적으로 말하자면, 그쪽 때문에 요즘 우리가 손가락질을 받고 있수. 미안한 말인데 아무래도 그쪽이 좀 나가줘야겠습다."

"……."

강유진은 묵묵히 잔을 채웠다. 어차피 선의로 부른 사람들이 아닌지라 눈치 볼 것도 없었다.

소주잔을 다시 비우고, 천천히 꼼장어를 음미했다.

"당신들 나이가 몇입니까?"

다소 뜬금없는 강유진의 질문에 김광열이 답했다.

"나는 스물일곱이고, 이쪽 형님은 스물아홉이오."

"나 서른다섯이오."

자조적인 강유진의 음성에도 김광열은 흔들림이 없었다.

"쩝, 길게 얘기할 것 없고. 나이 먹은 사람에게 자꾸 나가라고 해서 미안한데, 그래도 그렇게 합시다. 나가쇼."

"……."

꼼장어를 씹다 말고 강유진이 피식 웃었다.

사람은 왜 이렇게 이기적이란 말인가! 상대의 나이는 물론 생존권도 아랑곳하지 않는다. 그들에게는 오직 나의 일, 우리 편만 소중할 뿐이다.

"내가 나가야 하는 이유나 좀 들어봅시다."

이번에는 최효종이 나섰다.

"나보다 올드하신 분에게 이런 말해서 그렇지만, 말 나온 김에 하겠습니다. 고깝게 듣지는 마십쇼. 우리 일해보안 식구들은 체대를 나와서 이 일에 올인한 지 좀 된 사람들입니다. 준비된 전문가, 프로페셔널이란 말입니다. 그런데 그쪽은 우리가 이 관장과 감정싸움이 일어난 틈을 비집고 들어온 일반인 아닙니까? 남의 밥그릇에 기웃거리지 말란 말입니다. 그렇게 경비가 하고 싶으면 근처에 아파트도 많은데, 왜 전문가들이나 해야 할 일에 불쑥 끼어드느냐 이 말입니다."

강유진이 고개를 끄덕였다. 나름 일리 있는 주장이다. 하지만 그게 본심이라고는 느껴지지 않았다.

"다른 이유는 없소?"

상대적으로 젊은 김광열이 소주잔을 거칠게 내려놓으며 말했다.

"아, 진짜! 미술관 이 관장이 우리 실장님과 싸워서 잠시 손을 뗀 것뿐인데, 당신이 끼어들어서, 우리만 일자리 하나 뺏기고, 중간에 끼어서 계속 병신소리 듣고 있으니까, 나가달라는 거 아니요. 그동안 눈치 깠을 텐데 뭘 자꾸 묻고 그러쇼?"

"광열아, 좀 진정하자. 릴랙스."

최효종이 김광열의 어깨를 다독였다.

"그래도 이 녀석 말이 틀린 건 아닙니다. 조금만 있으면 이 관장이 사과하고 잘 수습될 수 있었는데, 그쪽이 끼어들어서 괜히 경비업체들만 이상한 꼴이 되고 말았으니까요. 원래 이런 일하실 분도 아니라면서요? 후배들 돕는다 생각하시고 그만두십쇼."

"풉, 후배들이라고?"

최효종이 무심코 한 '후배'라는 말은 강유진에게 '가족'이라는 단어와 함께 건드려서는 안 되는 치명적인 약점이자 상처였다. 지금까지 도살장에 끌려온 소처럼 풀죽은 모습으로 이야기를 들어주던 강유진의 눈빛이 서늘하게 가라앉았다.

"뭐야! 씨발, 상황 파악이 잘 안 되나 본데. 우리가 대우해 줄 때 말 들으쇼. 우리가 똑같이 경비복 입고 다니니까 호구로 보이는 모양인데, 이건 그냥 먹고 살려고 하는 일일 뿐이야. 옛날 같았으면, 어휴~ 씨발, 성질 많이 죽었다. 진짜."

"광열아, 옛날 얘기는 쓸데없이 왜 하냐? 참아라. 그리고 형씨, 우리가 형씨보다 어리지만 세상경험은 몇 배 더 했소. 말로 할 때 다른 데 알아보는 게 좋을 거요."

"말로 하지 않으면?"

강유진이 최효종을 지그시 바라보았다.

대답은 김광열이 했다.

"맞아야지."

강유진이 피식 웃으며 고개를 주억거렸다.

"훗, 알아서 하시오. 몇 대 맞고 합의금 받아서 푹 쉬는 것도 괜찮겠지…… 나도 누워서 남이 해주는 밥 좀 먹어봅시다."

물러나지 않겠다는 뜻이다.

김광열이 똥 씹은 얼굴로 술잔을 내려놓았다.

"이런 씨발 XX가!"

금방이라도 주먹질을 할 것 같은 살벌한 분위기다.

하지만 뜻밖에도 최효종이 꼬리를 내렸다. 폭발하려는 김광열을 나무란 것이다.

"광열아, 너보다 나이 많은 사람인데 그렇게 막말하면 안 되지. 당장 사과해라."

"어? 형님, 왜 그래요?"

"일단 사과부터 해, 인마. 그리고 강유진 씨, 우리가 좀 답답해서 나오는 대로 막 주절거렸지만, 우리 그렇게 막돼먹은 사람 아닙니다. 죄송하게 됐습니다."

김광열이 어리둥절한 눈으로 최효종을 바라보았다. 옛날부터 잔인하기로 소문난 최효종이 말 몇 마디에 머리를 숙이니 어이가 없었던 것이다.

"뭐해? 사과하라니까!"

최효종이 눈알을 부라렸다.

그런 최효종의 기세에 눌려 김광열도 머리를 긁적이며 결국 사과했다.

"죄, 죄송합니다. 저도 괜히 열이 뻗쳐서……."

두 사람의 갑작스러운 사과에 적응이 안 되기는 강유진도 마찬

가지다. 그래도 일단 미안하다는데 어쩔 것인가? 강유진은 선선히 두 사람의 사과를 받아들였다.

그런 뒤 술잔이 몇 번 돌아가자 분위기도 조금 풀어졌다.

강유진은 술이 강한 편이 못 된다. 결국 강유진은 먼저 자리에서 일어나야 했다.

강유진이 나가자 최효종이 김광열의 옆구리를 찔렀다.

"왜요?"

"우리도 이만 나가자. 내일 일하려면 쉬어야지."

"아, 예."

김광열도 마지못해 자리에서 일어섰다.

포장마차를 나온 최효종이 김광열의 어깨를 툭 건드렸다.

"얌마, 넌 왜 그렇게 눈치가 없냐?"

"왜요, 형님?"

"그 개XX가 건드리면 합의금 요구한다고 했잖아. 그럼 거기서 잘 마무리 지어야지. 보는 사람도 있는데 거기서 시비를 벌이면 되겠냐? 이 나이에 우리가 깽값 물어주며 살 수는 없잖아. 재수 없으면 호적등본에 빨간 줄 쳐질 수도 있고. 안 그래?"

"그런요?"

"너 TV도 안 보냐? 퍽치기 같은 애들 가끔 나오잖아. 뒤에서 갑자기 까면 누구한테 맞은지도 모르고 맛이 간다니까. 저런 XX들은 그렇게 패야 돼."

"엥? 그럴 거면 사과는 왜 시켰는데요?"

"답답하네. 얌마, 그 십XX가 길 가다가 빡세게 맞았어. 그럼 경찰에서 누굴 의심하겠냐? 평소 시비 붙은 사람들을 제일 먼저 의심할 거 아냐? 내가 괜히 사과하고 분위기 좋게 끝낸 줄 아냐? 용의선상에서 빠지려면 미리미리 기초 작업을 해둬야 하는 거야. 난 강 씨라는 그런 XX들이 제일 짜증나. 시비 걸어서 몸으로 때우고 보상금 받아 처먹으려는 쓰레기들."

"저도 그런 XX들 재수 없어요. 온라인게임 할 때도 보면 그런 개XX들이 꼭 제조 짓을 해요."

"제조가 뭔데?"

"먼저 시비를 걸어서 일부러 맞아 죽는 놈들이 있어요. 그렇게 상대방 PK(Player Killer) 수치를 높인 뒤에, 다른 놈들 시켜서 기습으로 죽여 버리거든요. PK 수치가 높아진 사람은 죽을 때 장비를 우르르 떨구니까, 그걸 노리는 거죠. 개XX들."

물론 강유진이 먼저 시비를 건 적도 없고, 제조 짓을 한 적도 없다. 하지만 두 사람은 강유진을 그런 사람으로 몰아가고 있었다.

"너 요즘도 게임 하냐?"

"예, 퇴근하면 딱히 할 일도 없으니까, 살살 하는 거죠, 모."

"재밌냐?"

"형님도 해봐요. 나름 재밌어요."

"흠, 그럴까?"

"그런데 그 개XX는 언제 손봐주려고요?"

"미술관 전시회가 끝날 때쯤 살짝 손보자. 그럼 다음 날 출근도 못할 거 아니냐? 그때 실장님이 미술관 관장하고 이야기를 잘 풀면 만사 오케이인 거지. 언더스탠?"

"어후, 형님, 그 영어 좀 안 쓰면 안 돼요? 난 가끔 머리에 쥐가 날 것 같어."

"자기계발에 힘을 써라. 나는 조만간 보디가드 쪽으로 진출할 계획이다. 케빈 코스트너처럼 돈 많고 쭉쭉빵빵한 여자를 경호하다가…… 사랑이 이루어지게 되는 거지. 그것이야말로 인생역전…… 로또보다 그쪽 확률이 더 높아."

"형님, 영화를 너무 본 거 아닙니까? 그러다가 전처럼 유부녀랑 눈 맞으면 골치 아파요."

"이 자식이 왜 시작도 안 한 일에 초를 치고 그래?"

"쿠쿡! 형님, 보디가드 잘되면 저도 생각 좀 해볼게요."

"그러려면 말이지 제일 중요한 게…… 잘 가라."

"예. 들어가십쇼."

계속 이어질 것 같던 대화는 갈림길이 나오자 칼로 자른 듯 끝이 났다.

최효종의 작별인사에 김광열도 당연하다는 듯 반대편 길로 접어들었다. 제일 중요한 게 뭔지 궁금하지도 않은 모습이다.

최효종이 멀어져 가는 김광열의 뒷모습을 보며 중얼거렸다.

“쯧, 제일 중요한 말을 듣지 않고 가는군……. 아무도 믿지 마라, 인데…….”

제7화

미스터리 서클

늦은 밤에 원룸텔로 돌아온 강유진은 쉽게 잠들지 못했다. 퇴근길에 있었던 일로 머리가 복잡했던 것이다. 얼떨결에 화해는 했지만 생각할수록 기분이 찜찜했다. 그렇게 매너가 좋은 놈들이라면 처음부터 막돼먹은 인간들처럼 나오지 말았어야 한다.

'주먹다짐이라도 할 것처럼 난리를 치다가 이유도 없이 물러나다니?'

이건 마치 화장실에서 큰일을 보고 밑을 닦지 않은 기분이다. 당한 자신도 이럴 텐데, 일해보안의 경비들은 오죽할까?

그제야 불안이 밀려왔다.

차라리 몇 대 맞았다면 마음이 편했을 것이다. 악의를 품고 있는 상대가 웃으며 작별을 고할 때는 뭔가 더 큰 게 있는 거다.

'그게 뭘까?'

한참 고민하던 강유진은 자리에서 일어났다. 절해고도(絕海孤島)에 홀로 서 있는 느낌이다. 의논할 상대도 없고, 의지할 대상도 없다. 말 그대로 혼자서 헤쳐나가지 않으면 안 된다. 가슴이 시리고 뼈가 저리도록 쓸쓸했다.

문득 카론이 떠올랐다.

어쩌면 흑탑이 무너졌을 때, 그도 이런 기분을 느꼈을지도 모른다.

이제 십 대인 카론에 비하면 자신은 산전수전(山戰水戰) 다 겪은 삼십 대다.

강유진은 이를 악물었다.

순간 강유진의 눈에서 바다처럼 푸른빛이 출렁거렸다.

'카론은 어떻게 되었을까?'

강유진은 침대 아래로 손을 넣어 배낭을 꺼냈다.

블루 태블릿에 저장된 영상을 읽으면 몸에 무리가 온다. 하지만 읽고 싶었다. 자신과 카론의 처지가 비슷하다고 생각되자 더 궁금해졌다.

'조금만, 조금만 보고 나오는 거다.'

강유진은 조심스럽게 블루 태블릿을 꺼내들었다.

세 개의 서클이 공중에 떠올랐다. 조금씩 익숙해지기 때문일까? 서클이 떠오르는 속도는 점점 빨라지고 있었다.

번쩍.

눈앞에서 작렬하는 백색의 광채에 눈을 질끈 감았다.

카론은 언덕을 떠나지 않았다.

이제는 탑의 흔적만 희미하게 남아 있었다.

강유진의 입에서 한숨이 흘러나왔다. 탑의 빈자리가 크게 다가왔기 때문이다.

"에르, 그 첫 번째 열쇠……."

카론이 중얼거리며 손바닥을 들어올렸다.

순간 카론의 눈앞에 서클이 천천히 떠올랐다. 지름 30센티미터 정도 되는 서클이 허공에서 하얗게 빛났다.

강유진의 얼굴에 미소가 떠올랐다.

저 서클은 여자가 가르쳐준 첫 번째 그림이다. 카론은 언덕에 남아 타이탄의 기술을 훈련하고 있었던 모양이다.

하지만 서클이 만들어지는 속도가 느리고, 모양도 엉성했다.

'아! 그러고 보니 저건?'

강유진은 카론이 만들어낸 서클을 보다가 미처 몰랐던 사실을 깨달았다.

그것은 가끔씩 TV에 나오던 세계 각지의 미스터리 서클과 여자가 가르쳐준 서클이 어딘지 모르게 비슷해 보인다는 것이다.

"하아…… 실패인가……."

카론의 입에서 한숨이 흘러나왔다.

그날 어머니가 가르쳐준 서클은 정교하고, 색깔도 파랬다. 그에 비하면 자신의 서클은 엉성한 것은 물론 빛깔도 달랐다.

카론은 쉬지 않고 서클을 다시 만들었다. 그럴 때마다 서클은 조금씩 모양을 갖추어 나갔다. 빛도 점점 푸르스름해졌다.

강유진이 고개를 끄덕였다.

자신과 달리 미스터리 서클을 처음 보는 카론에게는 쉬운 일이 아니리라.

지금 강유진은 카론이 만들고 있는 서클의 문제가 무엇인지 확실히 알 수 있었다.

하지만 그걸 카론에게 가르쳐줄 수는 없다. 자신이 보고 있는 것은 단지 과거의 기록일 뿐이다.

그래도 강유진은 마음으로 응원했다.

열심히 익혀서 차원의 문을 열어보라고…….

세상의 멸망을 막고 어머니를 찾으라고…….

카론은 하나의 서클을 완벽하게 그리기까지 무려 백 번 이상 그렸다.

강유진은 그런 카론의 곁에서 미스터리 서클을 함께 그려나갔다.

"아하하! 성공이다!"

카론이 허공에 두 주먹을 휘두르며 소리쳤다. 마침내 완벽한 서클을 만들어내는 데 성공한 것이다.

서클이 파란빛 광채를 뿜어내며 허공에 둥둥 떠 있다. 저 파란 광채는 신성력의 운행이 최고조에 달했다는 증거다.

카론의 손이 서클을 움켜잡았다. 서클이 가루가 되어 흩어졌다. 서클을 이루고 있던 파란색의 광채가 카론의 손으로 빨려들었다.

"남은 건 쉬(영혼의 결계)와 바쿰(지배자의 권능)인가! 에르(열쇠)에 한 달이나 걸렸다니……."

'헉! 한 달?'

강유진은 급히 '돌아가자' 고 생각했다.

파란빛에 휩싸인 강유진의 몸이 뒤로 빨려들었다.

시간과 공간의 터널을 지나 현실로 돌아온 강유진은 후다닥 일어나 휴대전화의 외부 조작키를 눌렀다.

[08. 30(월). AM 05:00]

"휴우! 늦지 않았구나!"

안도의 한숨이 길게 흘러나왔다.

책상 위에 두었던 근무 시간표를 다시 들어 살폈다.

전시회 첫째 날인 오늘은 오전 8시~오후 4시까지, 둘째 날은 오후 4시~밤 12시, 셋째 날은 밤 12시~오전 8시까지다. 전시회가 끝나는 날인 9월 5일까지 이런 식으로 교대 근무를 서야 한다.

다시 한 번 시계를 보니 출근까지는 두 시간 정도의 시간이 남았다.

잘까? 다른 일을 할까?

잠시 고민하던 강유진은 책상에 앉아 A4용지를 펼쳤다.

그리고 카론이 그렸던 열쇠를 그리기 시작했다.

마음으로 그리는 것과 실제로 그리는 것의 차이는 컸다.

일단 손이 떨리고, 모양이 제대로 갖춰지지 않았다.

그래도 형태만큼은 같았다.

강유진은 미스터리 서클이 마음에 들 때까지 계속 그렸다.

A4용지 이백 장을 그렸을 즈음, 강유진은 만족한 미소를 지을 수 있었다. 이 정도라면 카론의 것에 뒤지지 않는다는 생각이 들었다.

카론이 누에가 실을 뽑듯 손끝으로 허공에 그렸다면, 자신은 사인펜으로 A4용지 위에 그린 것뿐이다.

강유진은 자신의 행동에 대해 깊이 생각하지 않았다. 그저 카론을 기억하고 그를 따라하는 것에 만족했다. 자신에게는 흑탑 같은 존재는 물론 특별한 능력도 없었기 때문이다.

"오! 이 쓰레기 봐라……."

강유진은 책상 위에 가득한 A4용지를 구겨서 휴지통에 넣었다.

시계를 보니 벌써 7시 20분이다.

강유진은 블루 태블릿을 배낭에 넣어 침대 밑으로 쑤셔 넣었다.

그리고 참치 캔 하나를 들고 주방으로 가서 밥을 먹고, 대충 씻은 뒤 출근했다.

*　　*　　*

민영식이 강유진을 힐끔거리며 물었다.

"어째 피곤해 보이는 얼굴이군요? 밤에 잠을 안 잤습니까? 아무래도 실전은 처음이라 긴장하신 모양인데…… 억지로라도 잠을 자둬야 합니다. 잠을 못 자면 순발력이 떨어지기 때문에…… 숙면은 필수입니다. 제가 특전사에 있을 때……."

"아, 예, 머리가 바닥에 닿기만 하면 잠을 자는 체질이라 그런 건 신경 안 써도 됩니다. 저도 해병대 출신이라 이 정도로는 긴장하지 않습니다."

"……."

물론 강유진은 해병대 출신이 아니다. 그저 민영식의 잔소리를 듣기 싫어서 해병대라는 말이 튀어나왔을 뿐이다. 일주일 후면 다시 볼일이 없으니 그 정도 거짓말은 해도 되겠다 싶었다. 다행히 해병대라는 말이 제대로 먹혔는지 민영식은 더 이상 잔소리를 하지 않았다.

12시가 되자 민영식과 강유진은 교대로 식사를 했다.

1시쯤 되자 손님들이 점점 늘어나 사람들을 감시하는 게 부담스러울 정도였다.

붉게 충혈된 눈으로 손님들을 살피고 있던 강유진의 귀로 민영식의 음성이 들려왔다.

"우리 회사에도 해병대 출신이 몇 있습니다. 강유진 씨가 대선배 되시겠네요. 실례지만 기수가 어떻게 되십니까?"

'기수? 무슨 기수?'

문득 신병훈련소에서 외치던 기수가 생각났다. 하지만 의정부의 신병교육대와 해병대의 기수가 비슷할 리가 없다.

강유진은 필사적으로 머리를 쥐어짰다.

'아!'

그러고 보니 대학 선배 하나가 떠오른다. 술을 좋아하던 그도 해병대 출신이었다. 그는 교복처럼 거의 매일 해병대 야전상의를 입고 왔는데, 그 안쪽에 숫자가 적혀 있었다.

그 숫자는…….

이런, 기억이 나질 않는다.

"……568깁니다."

어디서 568이란 숫자가 튀어나왔는지는 모른다. 옛날에 잘 타고 다니던 버스가 568번이어서 그랬는지도 모른다. 아무렴 어떤가. 이미 쏘아진 화살이었다.

"아, 그러시군요."

역시 특전사라서 해병대의 기수에는 어두운 모양이다. 잘된 일이다.

방문자가 점점 늘어나 발 디딜 틈도 없었다.

오후 4시가 되어 근무 교대를 하자, 죽다가 살아난 기분이 든다.

마당에 뚫렸던 동굴에서 살아 돌아왔을 때만큼의 감동이 밀물처럼 밀려왔다.

이제 겨우 하루가 지났을 뿐인데 이런 해방감이라니?

안도감과 절망이 동시에 밀려왔다.

직원휴게실에서 퇴근 준비를 하고 있는데 경비 하나가 와서 '이운학 관장이 부른다' 고 했다.

평소에도 잘 찾던 이 관장이었다. 강유진은 별생각 없이 관장실에 들어갔다가 움찔 놀라고 말았다. 이운학의 맞은편에 큐레이터인 셋째 딸 이지영이 앉아 있었다. 최고 지도자인 관장과 서열 2위라고 할 수 있는 큐레이터가 한자리에 있으니 부담이 밀려온다.

강유진은 굳은 표정으로 두 사람에게 인사를 했다.

그리고 속으로 '오늘 뭐 실수한 게 있었나?' 생각하고 있을 때다.

이운학이 환하게 웃으며 말했다.

"자네의 핼쑥한 얼굴을 보니 얼마나 열심히 일했는지 알 수가 있겠네. 정말 대단한 친구야. 지영아, 저 사람이 바로 내가 말하던 강유진 씨다."

부친의 말에 이지영이 가볍게 미소를 지어 보였다.

"자네도 내 딸은 처음이지?"

"예, 일하시는 걸 몇 번 본 적은 있습니다."

"그래, 그럼 정식으로 인사들 하지."

이운학이 두 사람에게 손짓했다. 나머지는 알아서 소개하라는 의미다.

아무래도 피고용인인 강유진이 먼저 웃으며 머리를 숙일 수밖에 없다.

"강유진입니다."

"네, 안녕하세요? 이지영이에요."

강유진은 가급적 이지영과 눈을 마주치지 않으려고 노력했다.

이십 대 후반의 이지영은 누가 봐도 매력이 철철 넘치는 여자였다. 경험상 그런 여자를 쳐다보면 괜한 오해를 살 수가 있었다. 강유진으로서는 어렵게 얻은 직장에서 그런 일로 불이익을 당하고 싶지 않았다. 물론 여자에 대한 근본적인 불신도 한몫했다.

인사를 마친 강유진이 이운학을 바라보았다. 큐레이터 딸과 안면을 트라고 경비를 초대할 강남의 부자는 없지 않은가?

"허허, 딸아이가 부탁할 게 있다고 해서 부른 걸세. 나머지는 직접 들어보게."

"아, 예, 무슨 부탁이신지요?"

"에고…… 피곤하실 텐데 이런 부탁드려도 될지 모르겠어요."

이지영이 복잡한 표정으로 강유진을 바라보았다. 온몸이 피곤으로 찌든, 그래서 더 부실해 보이는 남자에게 근무 외적인 일로 부탁까지 하려니 너무 미안했다. 하지만 주변에 부탁할 만한 사람이 없으니 그에게 말을 할 수밖에 없었다.

"괜찮습니다. 어차피 내일은 오후 출근이라 충분히 쉴 수 있습니다."

"그렇다면 다행이네요. 음, 국립중앙박물관에 큐레이터로 있는 선배가 있어요. 이번에 인테리어를 하고 남은 재료와 소품들을 그 선배에게 주기로 했는데, 제가 혼자 가지고 가기에는 좀 어려울 것 같아서요. 아저씨가 도와주시면 감사하겠어요."

경비로 만나서 그런지 이지영은 처음부터 아저씨라고 했다. 경비 아저씨라는 말이 어려서부터 입에 붙은 모양이다.

"아, 직원실 한쪽에 쌓여 있던 그 물건들 말인가요?"

그렇지 않아도 직원실에 웬 물건들인가 싶었다. 바로 그게 국립중앙박물관에 보낼 물건들이었나 보다. 확실히 여자 혼자서 가지고 가기에는 많은 분량이었다.

"네, 그게 선배에게 보내려고 따로 모아둔 것들이에요."

"알겠습니다. 용산이죠?"

"네."

"지금 가실 건가요?"

"네, 조금 한산해진 지금 움직이는 게 좋을 것 같아요. 퇴근 시간에 움직이면 길만 막히니까.”

강유진이 고개를 끄덕였다. 이제 4시가 조금 넘었으니 지금은 길이 막히지 않을 시간이었다.

강유진은 직원휴게실에 있던 인테리어 소품들과 각종 목재들을 이지영의 SUV 차량으로 옮겼다. 이지영이 도와서 그런지 모두 싣는 데 십 분 정도밖에 걸리지 않았다.

국립중앙박물관으로 가는 내내 강유진은 입을 열지 않았다.

그 바람에 이지영은 몇 번 강유진의 눈치를 살펴야 했다. 부친에게 듣기로는 성격이 활발하고 재미있는 사람이라고 했는데 막상 겪어본 강유진은 과묵하기만 하다.

‘뭐지? 퇴근도 못하게 일을 시켜서 기분이 상한 건가?’

아무래도 그것 외에는 딱히 다른 이유가 떠오르지 않는다. 그렇게 생각하자 은근히 불쾌해졌다. 감정이란 거의 대부분 상대적인 것이기 때문이다.

두 사람은 거의 말이 없이 국립중앙박물관에 도착했다.

차에서 내리면서부터 이지영은 사무적으로 강유진을 대했다.

하지만 강유진은 그렇게 딱딱한 이지영이 오히려 부담이 없었다. 강유진에게 여자란 타오르는 불과 같은 것이어서 가까이 하고 싶지 않았던 것이다.

선배라는 사람의 사무실을 찾아가 한쪽에 가져간 짐들을 내려놓았다. 이번에는 이지영이 돕지 않았다. 이지영은 —강유진이 보기에 나이 차이도 나지 않는— 선배라는 여자와 수다를 떠느라 바빴다. 강유진이 재료를 모두 날랐음에도 대화는 끝이 나지 않았다.

결국 무료해진 강유진은 근처를 둘러보러 사무실을 나갔다.

순간 수다를 떨던 이지영이 입술을 삐죽여 보였다.

"왜?"

권유리가 의아한 얼굴로 이지영을 바라보았다. 웃으며 떠들다 말고 갑자기 뾰로통한 얼굴이니 무슨 일인가 싶은 것이다.

"아니, 저 아저씨 말야."

"누구? 짐꾼?"

"응, 우리 미술관 경비 아저씬데, 퇴근 좀 못하게 됐다고 얼굴이 퉁퉁 부어 있잖아. 그래서 내가 일부러 약 좀 올리느라고 무시한 건데, 그냥 나가 버리네?"

"어머, 얘, 불쌍한 사람들이야. 잘해 줘."

"뭐, 저 아저씨가 불쌍한 건 사실이지. 대기업 차장으로 있다가 정리해고 당하고, 지금은 고시원에 살면서 경비 일을 하고 있으니까."

"요즘 그런 사람들 많다더라. 나도 저번에 술 먹고 택시를 탄 적이 있는데, 이 기사 아저씨가 길을 모르는 거야. 나중에 말하는데 정리해고 당해서 택시기사 된 지 한 달도 안 됐대. 뭐라고 할 수도 없고, 내가 집까지 길안내 다 해줬다니까."

"나도 잘 대해 주려고 했는데, 인상을 팍팍 쓰잖아."

“어머, 어머! 그 아저씨 제법이다. 너 같은 꽃미녀에게 인상을 쓰다니? 진짜 남자다 얘. 보통 남자들은 네가 눈치만 줘도 목숨 걸고 뛰어다닐 텐데. 대학 때도 한 번만 만나달라고 애걸복걸한 남자 많았잖아. 그런 거 보면 그 아저씨 보통 아니다.”

“흠, 그런가? 아니야, 진짜 능력 있는 사람이면 해고 당했겠어?”

“하긴, 벌써 정리해고 당했으면 빈 수레였는지도 모르겠다.”

“그런데 언니는 기획한 일 잘돼가?”

“신비의 유물전?”

“응, 일반인의 관심을 끌 만한 아이디어라고 한참 자랑했었잖아.”

“그게, 쉽지가 않네.”

“왜? 괜찮아 보이던데.”

이지영이 고개를 갸웃거렸다. 권유리는 꽤 오래전부터 재야의 학자들이 ‘오파츠(그 시대에 등장할 수 없는 유물)’라고 부르는 것들을 전시하여 일반인들의 고고학적 유물들에 대한 관심을 고양시켜 보려고 했다. 이번에도 국립중앙박물관에서 아즈텍 문명전을 준비하자, 곁다리로 오파츠 전시회를 끼워 넣으려고 애쓰는 중이었다.

“일단 주류에서 사기라고 인정하지 않는 분위기도 있지만…… 유물을 보내주겠다는 곳도 없어. 거의 대부분 모형으로만 가능하

대. 워낙 오파츠의 존재 자체가 미스터리라, 유물의 훼손이나 변형을 극단적으로 겁내고 있는 것 같아."

"언니, 전부 모형이면 보는 사람도 믿어지지 않겠다. 그래도 진품이 좀 섞여 있어야지……."

"내 말이……."

"그럼 포기해야 되는 거야?"

"몇 달 전부터 섭외에 들어가서 복제품이나 사진, 탁본 같은 걸 모아두고는 있는데…… 진품이 하나라도 들어오지 않으면…… 아무래도 힘들다고 봐야겠지."

"그렇구나. 잘됐으면 좋겠다. 나도 이 기회에 그런 거 한번 구경해 보나 싶었는데…… 내가 궁금해하는 걸 보면 진짜 괜찮은 기획인데…… 그치?"

"그건 아니다. 넌 원래 호기심 천국이었잖아."

"어머, 누가 누구에게 호기심 천국이래? 남자 몸에 관심 많은 건 언니였으면서."

"야! 누가 들으면 어쩌려고 그래? 그건 그렇고, 너 그 아저씨 챙겨서 가야 되는 거 아냐?"

"아, 맞다. 그새를 못 참고 이 아저씨 어디로 간 거야?"

"쯧쯧, 늦기 전에 어서 챙겨서 가야 돼. 용산은 한번 길 막히기 시작하면 진짜 대책 없다."

"언니, 언니, 같이 찾아보자. 여기는 언니가 훤하잖아."

"알았어, 애."

권유리가 앞장섰다. 퇴근 시간과 맞물리지 않게 하려면 서둘러야 했다.

사무실 주변을 거의 한 바퀴 다 돌았을 무렵이다.

"저기 있네."

권유리가 멀리 보이는 젊은 남자의 뒷모습을 가리켰다. 남자가 서 있는 곳은 외진 곳으로 일반인의 통행이 뜸한 곳이었다.

"저기는 어디래?"

이지영이 묻자 권유리가 웃으며 답했다.

"보통 사람들은 진짜 저런 거 좋아하나 보다. 내가 복제품이랑 탁본을 모아뒀다고 했잖아. 조금씩 준비 중인 신비의 유물전 부스(booth: 칸막이를 한 작은 공간)야."

"언니 쉿, 조용히 해봐."

"왜?"

"저 아저씨 비 맞은 중처럼 중얼거리고 있잖아. 가서 놀래주게."

"취미도 참 고상하다."

말은 그렇게 하면서 권유리도 숨을 죽였다. 누군가의 행동을 몰래 엿본다는 것에서 오는 은밀한 즐거움 때문이다.

두 여자가 발소리도 죽여가며 강유진의 뒤로 다가갔다.

그때 강유진은 자그마치 30만 년 전의 지층에서 발견되었다는 —녹도 슬지 않은— 금속판의 탁본을 보고 있었다. 그런데 탁본에 적힌 기이한 문자가 흑탑에서 배웠던 것들 중 하나와 닮은 것 같다. 부분적으로 훼손되어 있고 모르는 단어도 있었지만, 대충의 뜻은 알 수 있을 것 같았다.

"……괴로운 나날, 고통스러운 시간들이 이어지고 있다. 창조신의 저주로 땅이 갈라지고 바다가 육지를 덮었다. 신들의 안식처를 엿본 죄의 대가로 살아 숨 쉬는 모든 것들이 고통을 받고 있다. 우리의 왕으로부터 노예에 이르기까지 고통에서 자유롭지 못했다. 창조신이여, 들으소서! 우리는 당신의 아들들을 죽였습니다. 하지만 그것은 당신의 아들들이 우리를 억압했기 때문입니다. 그러나 당신은 귀를 막고 우리의 호소를 듣지 않으시는군요. 그것은 우리가 창조될 때 이렇게 될 운명으로 만들어졌기 때문입니다. 그렇다면 우리는 더 이상 당신에게 애원하지 않겠습니다. 남은 음식으로 배를 채우고, 매일 밤낮으로 즐기며, 축제를 벌이고, 놀겠습니다. 이것이 우리가 마지막으로 즐길 운명이라고 생각하겠습니다……."

뜻이 모호한 부분은 의역해서 읽어나가던 강유진이 중얼거렸다.

"아아, 카론…… 결국 너의 세상은 멸망했구나……."

"아저씨, 그게 무슨 소리예요?"

권유리가 눈을 휘둥그렇게 뜨고 남자를 바라보았다.

권유리가 들은 것은 '창조신이여, 들으소서!' 부터다. 저 이해할 수 없는 긴 탁본을 읽을 수 있는 사람이 있다니? 물론 전부가 이 젊은 남자의 창작이라고 생각했지만, 왠지 묵직한 분위기가 오페라의 유령을 읽었을 때 같았다.

"뭐가요?"

"아니, 아저씨가 지금 오픈도 안 한 부스에 와서 탁본을 읽으신 거 같아서…… 물어본 거예요. 진짜 읽은 거 맞아요?"

"그냥 상상인데요."

"어머, 아저씨 학창 시절에 글 좀 쓰셨나 보다."

"예, 그림일기를 좀 격하게 그렸었습니다."

"어머, 이 아저씨 유머 좀 봐. 재치가 강물처럼 막 흐른다, 흘러."

"좀 아시는군요. 제가 지금은 젊잖게 살고 있지만 한때는 '위트의 쓰나미' 라는 이름으로 불린 적도 있습니다."

"훗, 그건 모르겠고요. 아까는 진짜 그럴듯했어요."

권유리가 목소리를 깔고 중얼거렸다.

"이이, 기른 [illegible] 결국 너의 세상은 멸망했구나…… 가히!"

"하하, 감사합니다."

웃음과 달리 강유진의 표정은 어딘지 모르게 쓸쓸해 보였다.

그런 강유진을 바라보고 있던 이지영이 쌀쌀맞게 말했다.

"흥! 아저씨, 짐 나르러 왔으면 돌아갈 준비를 해야지 여기저기 돌아다니면 어떻게 해요? 아저씨 찾아다니느라고 얼마나 돌아다녔는지 아세요?"

"아, 죄송합니다. 이제 돌아가는 건가요?"

"……."

하지만 이지영은 강유진의 말에 대꾸도 하지 않고 권유리에게 시선을 돌렸다.

"언니, 이만 갈게요. 우리 지금 전시회 중인 거 알죠? 한번 놀러 오세요."

"그래, 다음 주까지 맞지? 끝나기 전에 꼭 들를게."

"네, 그럼 그때 봐요."

인사를 마친 이지영이 뒤도 돌아보지 않고 주차장으로 걸어갔다.

황당한 표정으로 서 있던 강유진이 권유리에게 고개를 숙여 보였다.

"수고하십쇼."

"후훗! 아저씨도 담에 봐요."

"뭐해요! 빨리 안 오고!"

멀리서 이지영이 소리를 빽 질렀다.

"아, 네, 갑니다!"

깜짝 놀란 강유진이 부지런히 뛰어갔다.

이지영과 경비원을 돌려보낸 권유리는 사무실로 돌아가 한쪽에 쌓인 박스를 풀었다. 경비원이 중얼거린 말들을 생각하다가 문득 탁본에 관계된 자료가 있다는 게 떠오른 것이다. 박스는 남아프리카의 Bo－Kaap 박물관에서 보내온 것으로 탁본의 연구에 평생을 바쳤다는 한 영국인의 해설서가 들어 있었다. 물론 금속판의 연대나 음각되었다는 문자(文字)를 위작(僞作)이라고 말하는 사람들도 적지 않았지만, 거짓이라고 말하는 사람들조차도 문자에 내재된 질서와 균형미에는 감탄하고 있었다.

"여기 있구나."

권유리가 서류 뭉치를 꺼내들었다. 양도 많을 뿐 아니라 영문(英文)으로 된 것이라 보관만 해두고 있던 참이다. 그런데 오늘 경비원의 독백을 듣고 있자니 뭔가 마음에 와 닿았다. 보통 사람에게도 그런 영감을 주는 탁본인데, 고고학자에게는 어땠을까?

서류를 읽어나가던 권유리가 인상을 찡그렸다.

"응? 고대인의 탄식시(歎息詩) 같다고? 고통과 절망…… 이것이 정말 탄식의 서사시라면 그것은 아마도 멸망에 대한 이야기일 것이다?"

권유리가 고개를 설레설레 지었다.

세계적인 석학이 수십 년 연구해도 해석이 안 되는 고대문자다. 그런데 고작 사설 미술관의 경비원이 이걸 해석했다고? 말도 안 되는 생각이다.

하지만 경비원의 독백은 정말 그럴듯했다.

"정말 이상한 아저씨네……."

한편, 돌아가는 차 안에서 이지영은 쉬지 않고 강유진을 몰아붙이고 있었다.

"아저씨, 사람이 왜 그래요?"

"헛, 제가 무슨 실수라도?"

"별로 많지도 않은 물건 좀 나르게 했다고 나한테는 인상만 팍팍 쓰더니, 권 선배에게는 간이라도 빼줄 듯이 살살거리니까 하는 말이죠."

"이…… 큐레이터님, 제가 언제 간을?"

"어머, 내 앞에서는 인상 쓰고 권 선배 앞에서는 '위트의 쓰나미'라고 난리 치고선 시치미를 떼시네. 와아, 심하다 진짜. 저도 쉬어야 할 분 데리고 나온 건 미안하지만요, 그래도 근무 외 시간에 힘 좀 쓰게 했다고 그렇게 티내는 거 아니에요."

그제야 강유진은 이지영이 오해를 하고 있다는 것을 알았다.

"아, 그건 인상을 쓴 게 아니라…… 배가 고파서 그랬을 뿐입니다. 빈속에 차를 타니까 갑자기 멀미도 나고 해서요."

"……."

이지영은 얼굴이 화끈 달아올랐다. 경비를 하느라 하루 종일 서 있었을 테니 그럴 수도 있겠다는 생각이 들었던 것이다. 차에 달린 디지털시계를 보니 벌써 5시 30분이다.

"제가 저녁 살게요. 오늘 제 일도 거들어 주셨으니까."

"아니요. 돌아가서 먹어도 됩니다. 원룸텔도 고시원처럼 밥통에 24시간 따뜻한 밥이 있거든요."

"아! 됐어요. 제가 미안해서 그래요. 그냥 사게 해주세요. 제가 원래 빚지고는 못 사는 성격이에요."

"그, 그러시다면……."

강유진은 사양하지 못했다. 저렇게까지 저녁을 사주겠다는데 거절하면 미운털이 박힐 것 같았다. 게다가 요 며칠 계속된 참치와 밥에 좀 질리기도 했다.

이지영에게 저녁을 얻어먹고 원룸텔로 돌아온 강유진의 표정은 밝지 않았다. 카론의 미래를 알게 되었기 때문이다. 사실 어느 정도 짐작은 하고 있었다. 초고대문명이 역사에서 지워진 것은 멸망 외에는 달리 생각해 볼 것도 없지 않은가?

하지만 막연하게 추측하는 것과 기록으로 확인한 것은 느낌이 다르다. 탁본에서 전해지는 암울함이 가슴을 무겁게 했다. 카론이 그 멸망의 시대에 느꼈을 공포와 절망은 상상할 수도 없는 것이리라. 우울하다 못해 머릿속이 텅 비는 느낌이다.

'타이탄이 남긴 차원의 힘으로도 루인족의 신전 발굴을 막지 못했다니…….'

"하아!"

강유진은 배낭에서 블루 태블릿을 꺼냈다.

시간은 아직 밤 9시. 어제의 경우를 생각해도 시간은 충분했다.

결국 강유진은 세 개의 서클을 만들어냈다.

카론은 두 번째 미스터리 서클을 연습하고 있었다. 첫 번째 서클에 익숙해졌는지 두 번째는 처음부터 완성도가 높았다.

거의 백 번 이상을 연습하자 두 번째 미스터리 서클이 파랗게 빛나기 시작했다.

"하하하!"

카론이 배를 잡고 웃어댔다. 지금과 같은 속도라면 며칠 걸리지 않아 세 개를 모두 익힐 수 있을 것 같았다.

카론은 세 번째 서클에 도전했다. 세 번째의 서클은 두 번째보다 더 빨리 익혔다.

흑탑이 사라진 지 석 달.

마침내 카론은 세 개의 미스터리 서클을 마스터했다.

달빛 곱던 어느 날 밤, 언덕 위에 우뚝 선 카론이 정면으로 손을 펼쳤다.

"에르 쉬 바쿰!"

곁에서 지켜보는 강유진의 가슴이 세차게 요동쳤다.

드디어 타이탄이 만들었다는 차원의 힘이 세상에 모습을 드러내는 순간이다. 흑탑의 초자아가 카론에게 남겨준 타이탄의 유물은 어떤 모습일까?

야트막한 언덕 위로 파란빛의 미스터리 서클 세 개가 떠올랐다.

카론은 흑탑이 가르쳐준 대로 마음으로 간절히 빌었다.

하나가 돼라. 하나가 돼라. 하나가 돼라.

카론의 염원은 강유진의 마음으로도 전해졌다.

강유진도 카론을 따라 마음으로 외쳤다.

하나가 돼라! 하나가 돼라! 하나가 돼라!

미스터리 서클이 서서히 회전했다.

회전과 함께 세 개의 서클이 융화(融化)하기 시작했다. 하나가 된다는 말은 전혀 새로운 서클의 진화를 의미하는 것이었나 보다.

다음 순간 카론의 눈앞에 다섯 개의 빛으로 된 터널이 나타났다.

"아이엔!"

카론의 외침과 함께 터널에서 빛 덩어리가 빠져나왔다.

쏴아아아아.

"아아! 아름답다……."

카론의 입이 벌어졌다.

눈앞에 파르스름한 반투명의 물체가 나타났다. 물체는 신기하게도 루인족 여자의 형상을 하고 있었다. 아름답고 투명한 여자의 몸이 달빛을 받아 반짝였다. 여자가 허공에서 조금씩 자세를 바꿀 때마다 주변에서 파도치는 소리가 들렸다.

"아이엔?"

카론이 중얼거리자 반투명의 여자가 카론의 곁으로 날아왔다.

그런데 여자의 표정이 조금 이상했다. 타이탄이 아닌 존재가 어떻게 자신을 불러낼 수 있었는지 궁금해하는 것 같았다.

카론이 웃으며 손을 내밀었다.

여자의 손이 조심스럽게 카론의 손에 닿았다.

순간 반투명한 여자의 몸이 카론의 몸으로 빨려들었다.

여자의 몸이 카론의 몸을 통과하는가 싶더니 다시 앞으로 돌아왔다.

그것이 아이엔 특유의 의식(儀式)이었던지, 그 이후로 카론은 아이엔의 마음을 느낄 수 있었다.

"아이엔, 나는 타이탄의 아들이야. 그러니 너도 나의 친구가 되어줘."

아이엔은 카론의 부탁이 아니라고 해도 차원의 문을 넘는 순간 이미 카론에게 종속된 상태였다. 하지만 카론의 말이 고마운지 찰랑거리며 고개를 끄덕였다.

"그런데 넌 나를 위해 무엇을 해줄 수 있지?"

카론의 천진한 물음에 아이엔은 자리에서 빙글빙글 돌 뿐 아무 것도 하지 않았다.

잠깐 생각하던 카론이 멀리 떨어진 바위를 가리켰다.

"뮤토 사크리시움?"

기다렸다는 듯 아이엔이 손가락 하나를 까닥였다.

쉬이익.

파란 물줄기가 화살처럼 쏘아져 나가 바위를 강타했다.

꽈광.

바위가 산산조각이 났다.

카론이 놀란 눈으로 가루가 된 바위와 아이엔을 바라보았다. 타이탄에 맞먹는 생체에너지를 가지고 있다더니, 아이엔의 힘은 놀라웠다.

카론은 아이엔을 대상으로 여러 가지 실험에 들어갔다.

'하아암!'

강유진의 입에서 하품이 흘러나왔다. 피곤했다. 그러고 보니 거의 이틀째 잠을 못 잤다.

'그만 가야겠다.'

카론의 실험도 재미있지만 먹고 사는 게 먼저였다. 이윽고 몸이 뒤로 물러나는가 싶더니 시간과 공간의 터널로 빨려들었다.

정신을 차리고 보니 어느새 새벽 6시다.

강유진은 블루 태블릿을 침낭에 담아 침대 아래로 밀어 넣었다.

그리고 아무래도 제시간에 일어날 자신이 없어서 알람을 다시 맞췄다.

"아이엔…… 정말 대단한 생명체야……."

그런데 가만 생각해 보니 어쩐지 흑탑의 초자아가 만든 여자를 닮은 것 같다. 아이엔은 혹시 카론이 원하는 모습으로 현현하는 건 아닐까? 그렇다면 그 형상도 이해가 간다. 카론이 알고 있는 루인족은 흑탑의 여자가 전부이니 말이다.

"가만 다섯 차원의 생체에너지라고 했었지…… 그건 혹시 우주를 구성하고 있다는 오대원소와 비슷한 개념이 아닐까?"

아이엔이라는 생명체는 분명히 물과 관계가 있었다. 반투명의 파란 몸과 기묘한 출렁거림. 게다가 바위를 부순 것은 물줄기였다.

"다른 차원의 생명체를 보면 알겠지…… 생체에너지…… 드르릉 푸우……."

다섯 차원의 존재와 오대원소의 상관관계를 생각하던 강유진은 깊은 잠에 빠져들었다.

꿈속에서 강유진은 카론이 되어 있었다.

세 개의 서클을 열심히 그리고, 다섯 차원의 존재를 불러냈다.

그리고 바다 위를 걷고, 하늘을 날아다녔다.

그렇게 세상을 마음껏 주유했지만 마지막에 돌아가는 곳은 원룸텔이었다.

하다못해 탑골의 조립주택이라도 나왔다면 기분이 상쾌했을 텐데, 집만큼은 꿈속에서도 마음대로 되지 않았다.

꿈속에서 강유진은 좁은 방의 침대에 웅크리고 있는 자신을 보았다.

초라한 모습을 보고 있자니 가슴이 저려온다.

'이봐, 이렇게 끝낼 수는 없잖아. 한 번뿐인 인생인데…… 기운 좀 내보자고.'

그 말을 들었는지 축 늘어진 몸이 한차례 꿈틀거린다.

비몽사몽(非夢似夢) 간에 여러 생각이 교차한다.

'꿈속에서 자고 있는 나를 보며 격려하다니? 이게 가능한 거야?'

'가능해. 그러니까 기운 좀 내자.'

꼬르르륵.

자신의 몸에서 나지만 왠지 귀에 거슬리는 소리다.

한참 동안 자리에서 뒤척이던 강유진이 눈을 떴다. 사는 게 뭔지…… 어젯밤에 그렇게 잘 얻어먹고 잤는데 벌써부터 배가 아우성이었다.

휴대전화의 시계를 보니 오후 2시.

강유진은 자리에서 부스스 일어나 책상 위의 참치 캔을 하나 들고 주방으로 향했다. 어제와 비슷한 하루가 시작될 모양이다.

제8화

Love is

미술관이 한산해지자 이지영은 이운학 관장을 따라 근처의 식당으로 갔다. 전시회 준비로 돌아다니다 보니 부녀지간의 식사도 오랜만이었다.

"아빠, 그 경비 아저씨 있잖아요."

"응? 우리 경비원 말이냐?"

"네, 강유진 씨요."

"그래, 왜?"

이운학이 딸의 얼굴을 힐끔 바라보았다. 지금까지 미술품 이외의 것에 별 관심을 보이지 않던 딸인지라 이운학의 얼굴은 호기심으로 가득했다.

"그 아저씨 뭐하던 사람이에요?"

"뭐하다니?"

"이력이 궁금해서요. 대기업 차장으로 일했다는 말은 들었는데."

"그래, 맞다. 대성그룹 본사에서 칠 년이나 근무하던 사람이다. 자기 말로는 갑자기 정리해고를 당했다는데……. 며칠 전에 네 둘째 형부가 하는 말을 들으니 그런 것도 아닌 모양이더라."

"형부가 뭐라고 했는데요?"

"후배 하나가 대성그룹에 있어서 좀 알아본 모양이더라. 우리 미술관에서 채용했다고 하니까. 괜히 신경이 쓰이더라나……."

"왜 그만뒀대요?"

"한 삼 년쯤 전에 와이프가 딸을 데리고 미국으로 갔던 모양이야. 딸을 혼자 유학 보내기 어려우니까 엄마가 같이 갔던 모양이지. 그런데 이 년 만에 와이프가 딸에게 영어를 가르쳐주던 사내와 눈이 맞았대. 일방적으로 이혼을 당하고, 반년쯤 방황하다가 사표를 쓰고 나간 거라고 하더라. 그쪽에는 귀농을 한 것으로 알려져 있다는데…… 실패하고 다시 서울로 온 모양이지."

"어머, 진짜 안됐다. 그 아저씨 굉장히 똑똑해 보이던데."

"똑똑해?"

"네, 어제 중앙박물관에 같이 갔었잖아요."

"그랬지."

"고고학에 관심이 많은지 이것저것 둘러보고 말하는데…… 완전 전문가인 줄 알았다니까요.”

“호오! 그 정도냐?”

“권 선배도 얼마나 놀랬다고요.”

“거 참, 신기한 사람이야. 그래도 관심 가지지 마라.”

“네? 어머! 아빠! 그게 무슨 소리예요! 설마 내가 그 아저씨에게 호감이라도 생긴 줄 아세요? 말도 안 돼! 나를 어떻게 보고. 아빠, 저 이지영이라고요, 이지영.”

“그래, 아무튼 관심 꺼라.”

“칫! 나 좋다는 남자가 얼마나 많은데 이혼남을 갖다 붙이세요?”

“그 많은 남자 중에 하나만 좀 데리고 와봐라.”

“그건 됐고요. 그 아저씨는 언제까지 경비로 데리고 있으려고 그러세요?”

“글쎄다. 나도 그 친구 이력이 좀 아깝다만 우리 미술관에 필요한 건 경비라서…… 그리고 솔직히 요즘은 고학력 경비도 많다. 일자리 구하기가 하늘의 별 따기잖니.”

“에이, 총무과를 만들어도 되잖아요.”

“인마! 관장인 내가 총무 일을 하고 있는데 무슨 총무과냐? 우리가 무슨 시립미술관이라도 되는 줄 아냐? 마리나 미술관은 사설 미술관이라고.”

“그야 그렇지만…… 좀 아깝다는 생각이 들어서. 능력도 있어 보이는데 경비로 썩히기가…….”

“어허, 이 녀석, 관심 가지지 말라니까 계속 그러네. 네가 자꾸 그 사람에게 관심을 가지면 내보내는 수가 있다. 나는 셋째 딸을 나이 많은 이혼남에게 절대 못 준다.”

“아이참, 그런 거 아니라니까요. 적재적소에 인력을 배치하려고 하는 딸의 마음을 너무 몰라주신다.”

“손바닥만 한 미술관에 무슨 배치? 우리에게 필요한 건 경비야. 알겠지? 다른 소리하면 진짜 그 사람 내보낸다.”

이운학이 진지한 얼굴로 딸을 바라보았다. 이운학의 말은 농담이 아니었다. 딸의 미래를 위해서 강유진을 내쫓는 것은 일도 아니었다.

“알았어요. 괜히 이상한 생각이나 하지 마세요. 칫.”

이지영이 입술을 삐죽였다. 별것도 아닌 일에 다짐까지 받으려고 하자 기분이 상했다. 정말 강유진에 대해서는 눈곱만큼의 감정도 없는데, 협박을 하는 아빠가 야속하기도 했다.

* * *

강유진은 3시 40분쯤 출근을 했다. 근무 교대가 4시이니 조금 일찍 나간 셈이다.

계단을 내려가 미술관의 문을 열고 안으로 들어갔을 때다. 근무를 하고 있던 경비원 중 하나가 먼저 인사를 꾸벅했다.

"안녕하십니까? 소준휘입니다."

"아, 네. 안녕하세요?"

강유진은 얼떨결에 인사를 받았지만 속이 영 불편했다. 경비업체 직원이 갑자기 친절해졌기 때문이다. 아니나 다를까? 세상에 이유 없는 친철은 없다.

"선배님, 저는 해병 700기입니다. 인사가 늦었습니다."

"아, 그랬군요. 저는……."

"알고 있습니다. 해병 568기라고요? 말씀 놓으십시오. 한 번 해병은 영원한 해병 아닙니까?"

"그, 그래. 나는 이만……."

강유진이 직원휴게실로 서둘러 들어가자 소준휘의 얼굴에 조소가 떠올랐다. 단언컨대 해병대 출신 중에 저런 남자는 없다. 보나마나 해병대를 사칭하고 다니는 남자다.

"딱 보니 가짜네. 맞지?"

함께 근무를 하고 있던 하진우가 중얼거렸다.

"네, 가짭니다. 568기면 나이가 사십 대는 될 텐데…… 보안팀장님이 특전사라고 하니까 기죽기 싫어서 해병대라도 팔아먹었나 보죠."

"참 병신들 많아."

"저런 인간들 보면 제가 해병대 출신인 게 새삼 자랑스럽습니다."

"왜 뻔한 거짓말을 하나 몰라. 나는 방위 출신이지만 먹고 사는데 아무 지장 없구만."

"형님이야 방위래도 한주먹 하시지 않습니까? 하지만 저런 인간들은 몸도 부실하고, 내세울 건 없고…… 그러니 가짜 족보나 팔아먹고 다니는 거죠."

"이따가 팀장님 오시면 불어 버리자."

"쩝, 가짜라고 뭐 달라질 게 있습니까? 해병대 사칭이 감옥에 들어갈 중죄도 아니고……."

"야, 그래도 경비업계에서는 해병대 사칭이 중죄라면 중죄야. 일반인들이야 개병대라고 하지만, 이 바닥에서는 인정해 주잖아."

"하여튼 이따가 팀장님 오시면 슬쩍 말씀은 드리겠습니다."

"팀장님도 참 애로사항 많겠다. 하필 저런 인간하고 조를 짜 가지고……."

"뭐 그래도 아주 고문관은 아닌 것 같으니 다행이지요."

"내가 보니 딱 고문관이더만. 방금 봤지? 그, 그래, 나는 이만…… 하고 엉거주춤 도망가는 거……. 아 진짜 웃음 참느라고 혼났구민."

"사실 저도 그때 혀를 물고 참았습니다."

문이 열리고 기다리던 보안팀장 민영식이 들어왔다. 특전사 출신답게 옷매무새는 물론 걸음걸이 하나까지도 각이 잡혀 있었다.

시계가 8시를 가리키자 이지영이 경비원들에게 눈짓을 보냈다. 시간이 됐으니 폐관 준비를 하라는 뜻이다. 평소 마리나 미술관의 폐관 시간은 오후 6시 30분이었지만, 특별 전시회 기간인 만큼 폐관 시간은 오후 8시였다.

곧이어 장내에 은은한 음악과 함께 퇴관 시간을 알리는 방송이 나왔다.

강유진과 민영식은 교대로 미술관을 돌며 관람객의 퇴관을 유도했다.

관람객들이 모두 빠져나가자 이지영은 관장실로 들어갔다. 퇴관 무렵 찾아온 김재구 화백이 이운학과 담소를 나누고 있었기 때문이다.

텅 빈 전시실을 다시 한 번 둘러보고 돌아온 민영식이 강유진에게 말했다.

"강유진 씨, 무전기 얘기는 진짭니까?"

강유진의 얼굴이 붉게 달아올랐다. 아무래도 해병대라고 한 거짓말이 들통 난 모양이다.

"그날 팀장님의 잔소리를 피하려고 하다가 그렇게 된 건데, 여하튼 기분 나빴다면 미안합니다."

"일해보안 사람들이 강유진 씨 욕을 많이 하더군요. 처음에는 이해가 가지 않았는데, 지금은 그럴 만한 이유가 있겠구나 싶네요. 세상은 의외로 좁습니다. 거짓말 오래 못 가요. 순진한 척하면서 뒤로 호박씨를 까는 사람들…… 결국 망합니다."
"……."
강유진은 변명하지 않았다. 어떻든 자신이 그에게 거짓말을 한 것만은 사실이었기 때문이다. 하지만 일해보안의 이야기까지 하며 자신을 비난하는 것만큼은 받아들이기 어려웠다.
"민영식 씨, 당신은 나라는 사람을 압니까?"
"알아야 합니까?"
"해병대 이야기는 민영식 씨가 나를 어린아이 취급하듯 하는 바람에 욱해서 나온 헛소립니다. 그건 단지 잔소리를 피해 보자는 뜻으로 한, 농담으로 치부될 수도 있는 거짓말이었습니다. 그런 거짓말로는 아무도 피해를 입지 않지요. 물론 농담 같은 거짓말이라고 잘했다는 말은 아닙니다. 하지만 민영식 씨가 지금 일해보안 운운하며 나를 비난한 것은 다릅니다. 그 말로 인해 나는 큰 피해를 입었기 때문입니다."
"그건 좀 억지스럽군요. 강유진 씨가 거짓말을 했고, 나는 거짓말을 하지 않은 일해보안의 말을 더 믿게 된 것뿐입니다."
"내가 해병대 출신이라는 말로 당신이 피해를 입었습니까?"
"없습니다."
"하지만 나는 당신의 말로 피해를 입고 있습니다. 그 차이를 모르겠습니까?"
"그건 강유진 씨의 생각일 뿐이죠. 그래서 뿌린 대로 거둔다는 말이 있지 않습니까? 일해보안이건 어디건, 모두 강유진 씨가 뿌린 일의 결과일 뿐입니다."

"나는 당신이 피해를 입지 않았어도 사과를 했습니다. 그런데 당신은 내가 피해를 입었다고 하는데도 사과를 하지 않는군요?"

민영식이 강유진을 노려보며 답했다.

"만약 내가 보안팀장이 아니었고, 지금이 계약기간이 아니었다면, 당신은 나한테 좀 맞았을 겁니다. 운이 좋은 줄 아십쇼."

"일해보안 사람들이 그 비슷한 말을 해서 내가 뭐라고 했는지 압니까?"

"……."

"돈 많으면 쳐보슈."

강유진이 짧게 말하고 돌아섰다.

뒤에서 민영식이 '씨발XX가 죽을라고.'라고 으르렁거렸지만 강유진은 신경 쓰지 않았다.

그 뒤로 민영식은 아예 말은커녕 눈도 마주치려 하지 않았다.

밤 9시가 되자 관장과 김재구 화백 그리고 이지영이 미술관을 나갔다.

강유진은 그들과 함께 퇴근하고 싶은 마음이 굴뚝같았지만 자리를 지켜야 했다.

텅 빈 미술관에 둘만 남겨지자 기묘한 침묵이 감돌았다.

강유진은 권총집에 들어 있는 가스총을 만지작거렸다. 여차하면 민영식에게 쓸 생각이었다.

민영식이 먼저 운을 뗐다.

"충고 하나 합시다. 다른 데 가서는 그따위로 말하지 마시오. 나는 지금까지 살면서 본전 생각하면서 주먹 쓰는 사람을 본 적이 없소."

"나도 충고 하나 하리다. 당신보다 나이 많은 사람에게 그따위로 말하지 마시오. 나도 지금까지 살면서 위아래 모르는 인간이 성공하는 걸 본 역사가 없소."

"……."

민영식이 기가 막힌다는 표정으로 강유진을 바라보았다.

한 주먹이면 골로 갈 것 같은 사람이 꼬박꼬박 말대꾸다. 그게 얄밉다가도 한편으로는 대단하다는 생각이 든다. 지하 1층의 밀폐된 공간에 둘만 남아 있다. 어지간한 사람은 분위기에 눌려 입도 벙끗 못할 텐데, 회사에서 해고당했다는 저 남자는 끝까지 뜻을 굽히지 않고 있었다.

민영식은 그런 사내의 기개를 높이 사기로 했다. 최소한 이런 상황에서 비굴하지 않았다는 것만으로도 그는 대접받을 자격이 있었다

"후우! 내가 졌습니다. 잘 알지 못하면서 함부로 말한 것 사과드리겠습니다."

갑작스러운 민영식의 사과에 강유진이 잠시 머뭇거렸다. 진심

인지 또 다른 희롱의 시작인지 아직 알 수가 없다는 생각에서다.

그 말을 끝으로 민영식은 미술관의 순찰에 들어갔다.

민영식이 비상구까지 점검하고 돌아오자 강유진은 그의 말이 진심임을 깨달았다.

"나도 막말을 해서 미안합니다. 요즘 안팎으로 경비원들에게 시달리다 보니 스트레스가 좀 쌓였던 모양입니다."

"일해보안 때문이죠?"

"네."

"그쪽 사장 조카가 질이 좋지 않다는 소문은 전부터 있었습니다. 수원의 조폭 출신인데 일해보안 사장이 사람 만들어보겠다고 데려온 거로 알고 있습니다."

"그 사람보다는 그 아래 사람들이 집적대는 통에 아주 귀찮아요. 다른 일자리를 찾아볼까 생각도 하는 중입니다."

"차라리 다른 자리를 알아보는 게 더 좋을 겁니다. 형사와 조폭이 종이 한 장 차이라고 하지 않습니까? 따지고 보면 경호원과 조폭도 종이 한 장 차이입니다. 가진 힘을 가지고 어느 편에 서느냐에 따라 경호냐 조폭이냐로 나뉘게 되니까요."

"그런 것 같습니다."

확실히 며칠 전 김광열과 최효종이 한 일을 생각해 보면 조폭이나 다름없었다.

두런두런 이야기를 나누다 보니 어느새 밤 11시 30분이다. 얼마

지나지 않아 다음 근무자들이 하나씩 출근을 했다.

새벽 1시쯤에 원룸텔로 돌아온 강유진은 대충 씻고 침대로 돌아오자마자 블루 태블릿을 꺼냈다. 블루 태블릿은 그 이름이 무색하리마치 파란색이 빠져 있었다. 정보를 거의 읽어냈다는 뜻이리라. 강유진은 망설이지 않고 서클을 떠올렸다.

카론은 5차원의 지적 생체에너지인 아이엔의 특성을 어느 정도 이해했다고 생각되자 그녀를 돌려보냈다. 돌려보내는 의식은 의외로 간단했다. 마음으로 아이엔에게 돌아가라고 하자 거짓말처럼 아이엔이 사라져 버렸던 것이다.

다시 눈앞에 세 개의 미스터리 서클이 떠올랐다가 융합했다.

순간 카론이 8차원의 지적 생체에너지인 플라멘의 이름을 불렀다.

"플라멘!"

후우우웅.

허공에 점이 찍히는가 싶더니 이내 새파란 불꽃으로 변해 갔다. 불꽃은 소년의 형상을 하고 있었다.

강유진이 보기에 그 불꽃은 카론을 닮아 있었다.

플라멘은 나타나자마자 카론의 주위를 미친 듯이 맴돌았다. 침

착해 보이던 아이엔과 달리 플라멘은 이해할 수 없는 현상에 당황한 것 같았다.

카론은 아이엔에게 했던 것처럼 플라멘에게 손을 뻗었다.

거의 십여 바퀴를 돌고 나서야 플라멘은 카론이 내미는 손을 발견했다.

플라멘이 카론의 손을 잡자 이번에는 플라멘의 불길이 카론에게로 옮겨붙었다.

그러나 카론은 뜨겁지 않은지 웃기만 했다.

카론에게 붙었던 불이 다시 플라멘에게 돌아갔고, 그렇게 둘의 마음이 이어졌다.

카론은 다시 플라멘을 대상으로 이런저런 실험을 시작했다. 실험의 대부분은 흑탑의 초자아가 어릴 때 가르쳐준 여러 가지 기술들이었다.

예컨대 플라멘을 이용해서 불의 벽을 만든다든가, 불꽃의 공을 만들어 하늘로 띄워 보내는 일 따위였다.

하루 정도 시간이 지나자 카론은 플라멘을 돌려보냈다.

그리고 13차원의 클레베스를 불러냈다.

클레베스는 허공이 아니라 대지에서 스르륵 솟아났다. 마치 루인족의 형상과 같았지만 두 발이 대지에 붙어 있어 기괴하게 보였다.

카론이 다정하게 손을 뻗자 클레베스는 카론의 몸을 와르륵 덮어 버렸다.

놀랄 틈도 없이 카론이 있던 자리는 거대한 흙무덤으로 변했다.

'뭐, 뭐냐! 저래서야 살 수가 있을까?'

강유진이 걱정스러운 눈으로 흙무덤을 바라보았다. 대지 위에 삐죽 솟은 게 마치 남아프리카의 거대한 개미집 같았다.

하지만 흙은 이내 물처럼 흘러내렸다.

카론은 아무 이상이 없는 표정으로 손에 남은 클레베스의 잔재—그저 흙덩어리로 보이는—를 매만졌다.

카론은 대지의 힘으로 무엇을 할 수 있는지 고민했다.

"지진 같은 거?"

콰드드득.

땅이 갈라지며 검은 입을 쩍 벌렸다.

단지 생각만으로 카론은 동산 아래에 거대한 지진을 일으키고 있었다.

카론이 얼굴을 가볍게 찡그렸다. 단지 지진만으로는 성에 차지 않는다는 표정이다.

"또 뭐가 있지?"

카론의 물음에 강유진이 답했다.

'산을 옮겨!'

아마도 어릴 때 잠깐 다녔던 교회의 영향이었을 것이다. '겨자씨만 한 믿음이 있으면 산을 옮길 수 있다.'는 말이 갑자기 떠오른 것은.

하지만 카론은 그런 쓸데없는 짓을 하지 않았다.

"그래, 흑탑이다!"

쿠르르릉.

카론의 외침이 떨어지기가 무섭게 흙으로 된 탑이 솟았다.

"엄마!"

카론이 흑탑의 안으로 뛰어 들어갔다.

하지만 흑탑 안에는 그저 흙덩이만 가득했다.

흑탑 안에 우두커니 서 있던 카론이 손을 흔들었다.

흙탑이 곱게 흘러내렸다. 마치 언젠가 흑탑이 사라지던 날처럼 말이다.

다시 세 개의 미스터리 서클이 융합했다.

"벤투스!"

언덕 위에 돌개바람이 몰아쳤다.

휘이이잉.

21차원의 지적 생체에너지 벤투스가 바람에 몸을 싣고 나타났다.

카론이 벤투스에게 손을 내밀었다.

벤투스는 장난꾸러기처럼 카론의 몸을 들어올렸다.

휘리릭.
벤투스의 바람이 카론의 몸을 허공으로 띄웠다.
이미 벤투스와 마음이 통한 카론은 공중에서 '깔깔' 웃었다.

자신에게 고소공포증이 있다고 믿고 있던 강유진은 보는 것만으로도 속이 울렁거려 시선을 떨구어야 했다. 하지만 카론은 정말 유쾌해 보였다.

벤투스를 돌려보내고 카론은 한동안 아무 일도 하지 않았다. 마치 조금 전까지의 즐거웠던 일을 기억해 두려고 애쓰는 것 같았다.
얼마나 시간이 지났을까?
다시 세 개의 미스터리 서클이 허공에서 융합했다.
이제는 어느 정도 관록이 붙은 카론이 낭랑한 음성으로 외쳤다.
"루카!"
루카는 마지막 34차원의 생체에너지였다.
우우웅.
공간이 뒤틀어지는 소리가 울렸지만 어디에도 루카는 보이지 않았다.
당황한 카론이 사방을 둘러보고 있을 때다.
카론의 앞에 검은 구멍이 열렸다.

'으음, 블랙홀?'

강유진의 입에서 신음이 흘러나왔다.

아무리 봐도 저것은 영화나 천체과학관에서 영상으로 보았던 블랙홀의 모습이었다.

'카론! 저건 만지지 마!'

강유진의 다급한 외침에도 불구하고 카론은 암흑의 구멍을 잡아갔다.

카론의 손이 암흑의 공간에 빨려들었다.

"응?"

그제야 이상함을 눈치 챈 카론이 급히 손을 뽑았다.

하지만 암흑의 공간은 카론의 몸을 잠식해 들어오고 있었다.

"루카! 루카!"

카론은 쉬지 않고 루카의 이름을 불렀다. 암흑의 공간이 루카와 관계가 있다고 믿은 것이다.

암흑의 공간에 루카의 몸이 완전히 빨려 들어가 버렸다.

'카론! 카론!'

강유진이 카론의 이름을 부르며 언덕 위를 뛰어다녔다. 하지만 이미 카론은 사라진 뒤였다.

'네가 루카냐! 카론을 뱉어내!'

강유진이 암흑의 구멍에 손을 가져갔다.

순간 강력한 흡입력이 일어났다.

'헉!'

설마 자신의 손까지 빨려 들어갈 줄 몰랐던 강유진의 입에서 비명이 흘러나왔다. 자신은 이곳에 실재하지 않는데도 암흑의 공간은 자신까지도 빨아들이려 하고 있었다.

'위험해!'

강유진은 팔을 힘껏 잡아 뽑았지만, 암흑 공간의 힘을 당해내지 못했다.

그렇게 강유진이 암흑에 먹혀갈 때다.

암흑의 공간은 한순간 백색의 광채를 뿜으며 순백의 공간으로 바뀌었다.

'이, 이건 설마 화이트홀?'

강유진의 눈이 부릅떠졌다.

자신의 손이 부드럽게 빠져나왔다.

곧이어 카론이 순백의 공간에서 뚜벅뚜벅 걸어 나왔다.

"루카! 놀랬잖아."

카론의 말에 순백의 공간이 가볍게 진동했다. 마치 살아 있는 생명체가 웃고 있는 것 같았다.

강유진은 뒷걸음질 쳐서 충분히 거리를 벌렸다. 루카에게 빨려 들어가면 영원히 세상으로 나오지 못할 것 같았다.

루카는 다른 차원의 생체에너지들처럼 당장 뭔가를 보여주지 않았다. 그건 루카의 힘을 어떻게 이용해야 하는지 카론이 알지 못했기 때문이다. 그래도 카론은 루카가 마음에 드는지 하루 종일 루카의 곁에서 맴돌았다.

강유진은 블랙홀과 화이트홀을 한 몸에 지니고 있는 것 같은 루카라는 존재가 너무도 신기했다. 지금까지 자신에게 일어난 일들 모두가 특별했지만, 그중 최고는 루카의 존재라고 할 수 있었다. 루카는 시간과 공간의 제약을 받지 않는 것 같았다. 다른 차원의 생체에너지들과 달리 루카는 −카론의 기억을 보는 것에 불과한 자신까지도− 주의해야 할 정도였다.

카론과 루카를 지켜보던 강유진은 자신의 몸이 강제로 밀려나는 것을 느꼈다. 첫 번째 태블릿의 기억이 끝났을 때도 이런 느낌이었다.

'아아! 루카가 두 번째 기억의 끝인가 보구나.'

몸이 시간과 공간의 터널에 빠져들어 어디론가 빠르게 이동했다.

"끄응……."

힘들게 깨어난 강유진은 평범한 철판으로 변한 태블릿을 바닥에 내려놓았다.

그리고 자리에서 일어서는데 이번에는 제법 시간이 걸린 듯 가벼운 현기증까지 났다.

서둘러 휴대전화를 찾아 외부 조작키를 눌렀다.

[09. 01(수). PM 05:00]

31일 새벽 1시에 태블릿을 읽기 시작했으니 벌써 열여섯 시간이 지난 셈이다. 그래도 출근은 밤 12시까지니 아직 한숨 잘 정도의 시간은 있었다.

"휴우! 마지막 기억은 좀 위험했다."

남겨진 휴식 시간도 아슬아슬했지만 루카의 일도 그랬다.

고개를 설레설레 젓던 강유진은 참치 캔을 하나 들고 주방으로 휘적휘적 걸어갔다. 뱃속이 요동을 쳐서 조금이라도 먹고 잘 생각이었다.

오후 5시라 주방은 식사를 하러 온 사람들로 복잡했다.

강유진은 구석에 쪼그리고 앉아 대충 밥을 퍼먹었다.

"아저씨, 매일 참치 캔만 드세요?"

돌아보니 낯이 익은 아가씨다. 한 달쯤 전에 미용실에서 잘리고 지금은 9급 공무원 시험을 준비한다고 했던가? 이십 대 초반의 제법 귀여운 얼굴이다. 이 아가씨와 친해지려고 식사 시간에 맞춰 나오는 남자들도 제법 있다고 들었다.

"아, 공용 냉장고에 반찬 넣고 다니는 게 아직 익숙지가 않아서……. 어차피 한 끼 정도만 먹는 거라."

"집에서 반찬 안 가져오세요?"

아무래도 나이가 있다 보니 집이 따로 있다고 생각하는 눈치다.

"여기가 집인데요?"

"예에? 진짜요?"

"네."

"혹시 아저씨 결혼했어요?"

"음, 나 돌싱이에요."

돌싱은 '돌아온 싱글'의 줄임말로 이혼남을 의미한다.

강유진은 상대가 말뜻을 이해 못했을까 봐 설명해 주려고 했다. 하지만 용케 아가씨는 말을 알아들은 것 같았다.

"그렇구나. 아저씨 그럼 당분간 제 반찬 드세요. 보니까 매일 참치만 먹는 거 같던데. 그러다가 몸 버려요."

"매일 먹는 건 아닌데……."

"아니긴요. 저기 재활용 통에 있는 참치 캔 다 아저씨가 버린 거잖아요."

아가씨가 가리키는 통을 보니 참치 캔이 절반가량 차 있었다. 참치 캔을 저렇게나 많이 먹었나 생각하니 한숨이 나왔다.

"그렇게 한숨만 쉬지 말고 제 꺼 드세요. 저는 집에서 계속 가져오니까 괜찮아요. 아셨죠?"

"에, 내가 사양을 못하는 성격이라……."

"풋, 그럼 그렇게 알고 있을게요. 제 반찬 통은 이거예요."

아가씨가 노란 반찬통 몇 개를 꺼내 흔들었다.

"아셨죠?"

"네."

"에이, '네'가 뭐예요. 한참 동생인데. 말씀 편히 하세요, 오빠."

"어, 그럴까?"

주변 남자들이 날 선 눈으로 힐끔거렸지만 강유진은 오빠 동생을 하기로 약속했다. 빈털터리인 자신에게 잘 대해 주는 아가씨가 너무 고마웠던 것이다.

"이름이 모니?"

"저요, 김민정이에요. 좀 촌스럽죠?"

"아냐, 나름 귀엽고 이쁘다. 난 강유진."

"어머! 오빠 이름 진짜 멋있다. 바꾸고 싶다. 짱이다. 강유진."

"하하, 이름만 멋있으면 뭐하냐. 인생이 밑바닥인걸."

"밑바닥이 뭐 어때서요? 그럼 이제 위로 올라갈 일만 남은 거잖아요. 안 그래요?"

올라갈 일이라.

강유진이 고개를 끄덕였다. 왠지 상대의 말대로 올라갈 일만 남은 느낌이 들기도 한다.

"고맙다. 말 한마디로 사람이 살고 죽는다더니…… 오늘 네 말을 들으니 힘이 나는 것도 같다."

"오빠, 나중에 성공하면 은혜 갚아요!"

"응? 무슨 은혜?"

"어머, 반찬도 주고, 용기도 줬더니, 무슨 은혜래!"

"아! 그래, 내 반드시 갚아주마. 너 힘든 일 있을 때마다 복권 하나 사뒀다 생각하고 어떻게든 버텨라."

"와아! 약속했어요!"

김민정이 아이처럼 손바닥까지 치며 좋아했다.

피식 웃던 강유진이 자리에서 일어섰다. 오랜만에 사귄 사회의 친구라 더 이야기하고 싶었지만 노닥거릴 시간이 없었다.

"그럼, 나는 좀 자러 간다. 이따가 야간 근무를 해야 하기 때문에."

"아, 네, 그러세요. 이 반찬통 잊지 마시고요. 푹 쉬세요. 헤헷."

"OK."

강유진이 손을 흔들어 보이고 방으로 돌아갔다.

강유진은 자리에 눕자마자 곯아떨어졌다.

시체처럼 늘어진 강유진의 몸에서 은은한 빛이 흘러나왔다. 그것은 언젠가 카론의 몸에서 나던 광채와 비슷했다.

푸른빛은 강유진의 전신에 골고루 퍼져나갔다.

누적된 피로로 잔뜩 인상을 쓰고 있던 강유진의 얼굴이 부드럽게 풀어졌다.

미료의 Love is가 흘러나왔다.

휴대전화에 설정해 놓은 알람이다. 죽은 듯 누워 있던 강유진이 눈을 번쩍 떴다.

순간 강유진의 눈에서 푸른빛이 반짝였다.

개운한 얼굴로 일어난 강유진은 휴대전화에서 흘러나오는 음악을 끝까지 들었다.

그리고 곡이 끝나자 알람을 껐다.

"며칠 제대로 못 쉰 것 같은데 몇 시간 만에 피로가 싹 풀리다니……."

강유진은 세면장으로 가서 세수는 물론 머리까지 감고 방으로 돌아왔다. 밤 11시라서 그런지 아까와 달리 오가는 사람이 없다. 잠들기 전과 잠에서 깬 뒤의 극명한 비교라서 그럴까? 텅 빈 복도를 걷고 있자니 왠지 쓸쓸하다는 생각이 든다.

방으로 들어가려던 강유진은 뒤늦게 방문에 붙은 포스트잇을 발견했다.

화이팅! 아자! 아자!

귀여운 글씨체를 보니 김민정의 얼굴이 대번에 떠오른다.

피식 웃던 강유진은 포스트잇을 떼어 방 안의 거울에 붙였다. 다른 사람에게 받는 친절이 얼마 만이던가? 퇴사를 한 뒤로 직장 후배들 외에는 처음인 것 같다. 그러고 보면 사람들 사는 세상은 의외로 삭막하다. 노란 포스트잇을 보고 있자니 아스팔트를 뚫고 올라온 들꽃 같다.

위이이잉.

강유진은 헤어드라이어로 열심히 머리를 말렸다.

"응?"

빗질을 할 때마다 언뜻언뜻 드러나는 눈이 왠지 이상했다.

"뭐야, 이거?"

거울에 얼굴을 바싹 대고 보니 눈빛이 조금 파래진 것 같다. 컬러 렌즈까지는 아니더라도 검은 눈동자 위로 코팅이라도 한 듯 파르스름한 빛이 흘러 다녔다.

"가계(家系)에 외국인이 섞여 있었나?"

고개를 갸웃거리던 강유진은 다시 머리를 말렸다. 지금은 우연히 알게 된 눈빛의 색깔이 중요하지 않았다. 심야의 근무는 처음이었다.

전철을 타고 강남역에 내려 도보로 십 분 정도 걸어가자 한라건설의 주상복합 아파트가 보인다. 늦은 밤이라 사람들은 거의 보이지 않았다.

지하로 향한 계단 앞에서 강유진은 가슴을 쓸어내렸다.

이 작은 미술관 안에 무려 백억이 넘는 물건들이 있는 것이다.

막 아래로 내려가려던 강유진이 문득 멈추었다. 그리고 뒤를 돌아보았다. 심야라고 느껴지지 않을 정도로 화려한 불빛 아래로 한두 사람이 지나가고 있다.

'뭐지? 누가 보고 있는 것 같았는데.'

백억 원 대의 예술품을 생각해 괜히 신경이 예민해졌는지도 모른다.

강유진은 다시 한 번 주변을 둘러보고는 계단으로 내려갔다.

근무를 하고 있던 소준휘와 하진우가 아는 체를 한다. 민영식과의 일이 있은 후 조금 꺼림칙했는데 아무렇지도 않은 얼굴들이다.

강유진도 가볍게 인사를 하고 휴게실로 들어갔다.

오늘은 보안팀장인 민영식이 먼저 와 있었다.

늦었나 싶어 시계를 힐끔 보니 아직 11시 30분이다. 평소보다 민영식이 빨리 나왔다는 소리다.

"한 시간 일찍 와서 보안점검을 좀 해봤습니다. 명색이 보안팀장이니까요."

"아!"

강유진이 입에서 탄성이 흘러나왔다. 자리가 그렇게 만든 건지 원래 성실한 사람이었는지 몰라도, 민영식의 근무 태도는 마음에 들었다.

12시 정각에 근무 교대가 이루어졌다.

소준휘와 하진우가 근무 확인표에 서명을 하고 퇴근했다. 이제부터는 강유진과 민영식이 책임을 질 차례였다.

"아휴! 오늘은 어째 몸이 찌뿌듯합니다. 잠을 잘못 잤는지…… 아니면 마누라가 잘 때 밟았는지……."

"하하, 저처럼 혼자 살면 그럴 때 의심할 사람이 없어서 좋습니다."

어제의 일 이후로 강유진은 조금 상대가 편했다. 그건 민영식도 마찬가지인 듯 이제는 지금처럼 실없는 소리도 종종 건넸다.

강유진은 요즘 같으면 경비도 해볼 만하다고 생각했다. 소소한 행복이란 아마도 이런 것을 의미하는 것이리라.

제9화

너만 죽어주면 된다

오전 8시가 되자 다음 근무자들과 교대를 마친 강유진은 서둘러 원룸텔로 돌아갔다.

요즘 강유진의 일상은 원룸텔과 미술관을 오가는 것이 전부였다. 전철을 타거나 거리를 걸어도 머릿속은 온통 블루 태블릿에 관한 정보뿐이었다.

강유진은 대충 씻고 마지막 남은 블루 태블릿을 꺼내들었다.

언제부터인가 전에는 보이지 않던 것들이 눈에 들어왔다.

예컨대 블루 태블릿의 표면에 흐르고 있는 파란 빛깔의 파장이 그랬다. 그 파장은 자신의 손에 닿으면 기쁜 듯이 요동을 쳤다.

"이건 혹시 타이탄의 신성력이 아닐까?"

그럴 리는 없지만 왠지 그런 생각이 들었다.

눈앞에서 일렁이고 있는 파란 광채를 보고 있자니 문득 타이탄이라는 고대 생명체의 정체가 궁금해진다.

"타이탄의 비밀은 이 신성력에 있는지도 모르겠다……."

지금까지는 타이탄을 거인으로만 생각했다. 하지만 돌이켜보니 흑탑의 초자아는 다르게 말했던 것 같다.

흑탑의 초자아는 분명히 조금 다르게 말했다.

> "흑탑은 껍데기일 뿐이니 슬퍼하지 마라. 우리의 신성력이 너에게 전해졌으니, 이제부터 우리는 너와 함께 살아가게 될 거야."

그때는 그걸 은유나 비유라고 생각했다. 하지만 막상 카론이 조금씩 변해 가는 모습이나, 자신의 눈앞에서 -마치 살아 있는 생명체처럼- 움직이고 있는 파란빛을 보고 있으면 그렇지만도 않은 것 같다. 만약 카론에게 전해진 신비의 파란빛을 타이탄이라고 한다면, 흑탑의 말이나 그 이후의 일들이 설명된다.

"에이, 설마……."

강유진은 머리를 세차게 흔들었다. 흑탑의 초자아는 카론에게 타이탄이 거인족임을 가르쳤다. 현대의 신화나 전설에도 그 잔재가 남아 있다. 그러니 타이탄은 고대의 거인족이었을 것이다. 하지만 '이제는 너와 함께 살아가게 될 것이다.' 라는 말이 마음에 걸렸다. 그것은 단지 위로의 말이었을까?

강유진은 블루 태블릿을 강하게 움켜잡았다.

순간 파란빛이 더욱 세차게 요동쳤다. 마치 '어서 자신을 데려가 달라' 고 외치는 것 같았다.

"뭐, 뭐야, 이거…… 설마 신성력이라는 게 에일리언 같은 건 아니겠지? 하아! 이젠 뭐가 뭔지도 모르겠다. 시간 내서 정신과 치료라도 한번 받아봐야 하나……."

중얼거리던 강유진은 무심코 서클을 떠올렸다.

마음으로 바란 것은 즉시 이루어졌다.

세 개의 서클이 허공에서 빛을 발했다.

곧이어 서클이 뭉치면서 백색의 광채가 폭발하듯 쏟아져 나왔다.

한 무리의 여행자들이 언덕을 지나갔다.

여행자들의 우두머리인 오십 대 남자가 흑탑의 터를 지키고 있는 카론에게 다가갔다.

"나는 바이런 상회의 주인인 마르코라네. 지나온 마을에서 '언덕에 홀로 살며 의식주를 해결하고 있는 청년' 이 있다는 소문을 들었는데…… 그게 자네인가?"

카론이 고대 루인족의 예법에 따라 허리를 숙여 보였다.

"저는 신화를 기억하는 마지막 루인족 카론입니다. 이곳에서 태어나 한 번도 숲을 떠난 적이 없습니다. 그러니 그것은 아마도 저를 가리키는 말일 겁니다."

"자네는 고행 중인 수도자인가?"

"아닙니다. 저는 신비의 지식을 익히고 있는 모험가입니다."

"아!"

마르코는 모험가라는 말에서 신비의 지식을 '극한 상황에서의 생존 기법'으로 이해했다. 청년이 숲에서 홀로 살아가려면 필수적으로 익혀야 하는 것들이기도 하다.

"며칠 전 괴수(怪獸)의 습격으로 많은 사람을 잃었지. 평생 이 숲에서 살 생각이 아니라면 우리와 함께 도시로 가지 않겠는가? 우리는 장거리 여행을 견딜 수 있는 일꾼이 필요하고, 자네는 세상으로의 안내자가 필요한 것 같은데."

"저도 이제는 사람들의 세계로 나가려고 하던 참입니다. 엘의 뜻에 따라 마르코 님이 오셨으니 함께 가도록 하겠습니다."

"오! 이제 보니 자네는 엘 님의 사도(使徒)였구먼. 이런 궁벽한 곳에 아직 엘 님의 사도가 남아 있었다니…… 믿어지지 않는군."

"저는 엘의 사도가 아닙니다."

"허허, 엘 님의 뜻에 따르고 있는 사람은 모두 엘 님의 사도가 아닌가?"

말을 하면서도 마르코는 기분이 이상했다. 새파랗게 젊은 카론은 엘이라고 하고, 다 늙은 자신은 꼬박꼬박 엘 님이라고 한다. 그러고 보니 상대는 처음부터 '엘 님'을 그냥 '엘'이라고 불렀던 것 같다. 엘 님을 경외하지 않으면서 그의 뜻을 따르는 루인족이 있던가?

"저는 그저 모험가일 뿐입니다."

"알겠네. 젊은 모험가여, 이제부터 자네는 우리 바이런 상단의 일원이네. 어디 가든 그 자랑스러운 이름에 걸맞은 언행을 보여주기 바라네."

"상단의 이름에 누가 되지 않도록 노력하겠습니다."

마르코와 카론이 서로 인사를 나눌 때 뒤에서 한 소녀가 다가왔다.

"마르코 님, 더 늦어지면 노숙을 해야 하니 서둘러 떠나는 게 좋겠어요."

"알겠소. 참, 이쪽은 새로 상단에 합류하게 된 카론이라고 하오. 그가 부상자들의 짐을 나누어 지게 될 것이니 잘 돌봐주기 바라오."

마르코가 카론을 향해 말했다.

"인사하게. 이 미모의 아가씨는 상단에 소속된 마법사 샤이니라고 하네."

카론의 눈이 휘둥그렇게 떠졌다. 흑탑이 무너진 뒤 근처의 마을에는 종종 갔지만 루인족 마법사를 만나기는 처음이었다.

"샤이니예요. 당신은 모험가라고요?"

"아, 네. 어떻게 아셨습니까?"

"후후! 마법사는 귀가 밝답니다. 그런데 당신의 몸에는 이상한 오라(aura)가 맺혀 있군요. 어린 아이들의 이야기책에 나오는 타이탄처럼 말이에요."

소녀의 하얀 치아가 햇살 아래 반짝였다. 이름에 어울리는 밝은 미소였다.

카론이 시선을 내리깔며 중얼거렸다.

"무, 무슨 말을 하는지 모르겠군요."

샤이니가 깔깔 소리 내어 웃으며 돌아섰다.

"카론, 당신도 한밤중에 괴수들과 싸우고 싶지 않으면 서둘러요."

"……."

카론이 샤이니의 뒷모습을 멍하니 바라보았다.

'이런, 카론아! 사랑하지 마라 못 만나 괴롭고, 미워하지도 마라 만나서 괴로우니라.'

강유진은 카론이 사랑에 빠졌다는 것을 알았다. 단 한 번의 만남으로 덫에 걸리고 만 것이다. 평소 같은 또래의 루인족을 만난 적이 없으니 당연한 결과인지도 몰랐다.

그 뒤로 카론의 시선은 늘 샤이니에게 머물렀다.

샤이니도 순수한 카론이 싫지 않았던지 자주 그에게로 다가갔다.

결국 상단이 도시에 도착할 무렵, 샤이니와 카론은 연인이 되어 있었다.

카론은 거대한 도시의 규모에 질려서 입을 다물지 못했다.

"이, 이건, 분명히 타이탄이 지었을 거야……."

"무슨 소리야? 이 도시는 보통 크기라고. 진짜 큰 도시는 제국에만도 백 개가 넘어. 연맹까지 합치면 삼백 개도 넘을 거라고."

"헉! 이것보다 큰 도시가 그렇게 많다는 말을 믿으라고?"

"흡! 시간 날 때 서점에 가서 '제국의 도시'나 '연맹도시 안내'라는 책을 한번 사서 읽어봐. 그럼 내 말이 사실이라는 것을 알게 될 테니까."

카론은 반신반의의 표정으로 도시를 둘러보았다. 이 하나만 해도 상상을 초월할 크기인데, 이것보다 더 큰 도시가 삼백 개가 넘다니?

문득 어머니의 가르침이 떠올랐다.

어머니는 '루인족의 욕망이 타이탄의 신성력에 버금가는 힘을 가지고 있다'고 했다.

'그래서 어머니는 루인족이 세운 제국(帝國)과 연맹(聯盟)의 힘이 과거 타이탄을 멸망시킨 세 종족의 연합보다 강하다고 했나?'

이 거대 도시를 보고 있자니 어머니의 말이 이해가 갔다.

타이탄이 세운 천 개의 신전보다 도시가 크고 화려할지도 모르겠다는 생각이 들었다.

장면이 바뀌었다.

괴수들과 상단의 호위병들 사이에 전투가 벌어졌다.

강유진은 너무도 끔찍한 장면에 눈살을 찌푸리고 말았다. 그리스 신화 속의 미노타우로스를 닮은 괴물들이 쏟아져 나와 루인족을 찢어 죽이고 있었다.

샤이니와 한 늙은 마법사가 호위병들을 돕고 있었지만, 괴수들의 숫자가 너무 많았다.

호위병의 절반이 눈 깜짝할 사이에 죽고 말았다.

방어벽이 뚫리자 괴수들이 샤이니와 늙은 마법사에게로 달려갔다.

괴수 하나가 샤이니를 움켜잡으려고 할 때다.

"아이엔, 뮤토 사크리시움!"

콰콰콰콰쾅.

지축을 흔드는 소리와 함께 어디선가 물포탄이 날아들었다.

퍼퍼펑.

쿠에엑!

꾸엑!

물포탄에 직격당한 괴수들은 외마디 비명과 함께 폭사했다. 괴수들의 파편이 사방으로 튀었다.

물포탄이 우박처럼 퍼부어지자 괴수들도 어둠 속으로 달아났다.

괴수들의 피에 젖은 샤이니와 늙은 마법사가 덜덜 떨며 카론을 바라보았다.
아니 정확히는 카론의 앞 허공에 떠 있는 아이엔이다.
카론이 주먹을 움켜쥐자 아이엔은 차원의 너머로 사라졌다.
"카, 카론…… 너 정령술을 할 줄 알아?"
"응? 정령술?"
잠시 생각하던 카론이 웃으며 고개를 끄덕였다. 이종족들은 다른 차원의 생명체를 정령이나 신으로 생각한다는 것이 떠오른 것이다.
"응, 조금."
이번에는 늙은 마법사가 끼어들었다.
"정령술은 루인족이 배울 수 없다고 알고 있는데…… 자네는 그걸 어떻게 배웠는가?"
"그건 우리 학파의 비밀입니다."
카론이 능청스러운 표정으로 늙은 마법사를 바라보았다.
탄식하던 늙은 마법사는 아쉬움이 가득한 표정으로 돌아섰다. 다른 학파의 비밀을 물어본다는 것은 금기 중의 금기인 탓이다.
"정말 그 오라는 정령의 기운이었구나!"
"그럴지도."
카론은 웃었다. 정령의 기운이 아니라 타이탄의 신성력이다. 하지만 아직은 그런 부분까지 말하고 싶지는 않았다.
"카론, 혹시 타이탄의 신전에 간 적이 있어?"

"아니, 왜?"

"정령술은 전설에 나오는 타이탄의 마법인데 루인족인 네가 쓸 수 있으니까…… 다른 루인족들은 네가 타이탄의 신전에서 배운 줄 알 거야."

"마음대로 생각하라고 하지 뭐."

"쉽게 생각할 일이 아냐."

"왜?"

"지금까지 정령술을 보거나 배운 루인족이 없으니까…… 넌 루인족 최초의 정령술사라고. 제국의 마법사들이 너를 가만히 둘 것 같아?"

"흥! 마음대로 하라고 해! 어차피 나는 그들과 친해질 수 없으니까."

갑자기 샤이니가 카론을 끌고 한쪽 구석으로 갔다.

"무슨 소리야?"

"난 신전 발굴을 어떻게든 막을 거거든."

"뭐라고? 미쳤어? 그걸 네가 왜 막아? 신전 발굴은 왕실과 마법사들이 가장 중요하게 여기는 일인데."

"타이탄의 신전이 모두 발굴되면 세상은 멸망해. 그러니까 내가 막아야 해."

샤이니가 안타까운 눈으로 카론을 바라보았다. 자신의 연인이자 루인족 최초의 정령술사가 과대망상증 환자라니!

"카론, 제발 어디 가서 그런 소리하지 마. 큰일 난다고. 알겠지?"
"응, 알았어. 나도 이게 심각한 일이라는 것 정도는 알고 있다고."
"그래, 그건 아주 심각한 병이야."
"……."
"그리고 파비온의 앞에서는 특히 더 조심해."
"왜?"
카론이 늙은 마법사가 있는 곳을 힐끔 바라보았다.
"그는 트라이어드의 마법사야."
"트라이어드?"
"원래 창조의 마지막 비밀을 캐는 학파였다는데…… 제국 황실에 기생하는 권력단체로 변질된 지 오래야. 요즘은 타이탄의 신전을 발굴하는 데 가장 앞장서고 있어. 트라이어드가 단독으로 발굴한 신전만도 삼백 개가 넘는다고."
"뭐야, 그럼 내가 막아야 하는 사람들 가운데 하나잖아?"
"헉! 왜 얘기가 그렇게 흘러가니? 그냥 그 사람 앞에서는 말조심하라고."
"알았어, 너무 걱정하지 마."
말하면서도 카론의 눈은 파비온에게 고정되어 있었다. 타이탄의 신전을 발굴하는 데 앞장서고 있다면 적으로 만날 확률이 높았다. 파비온의 지팡이와 로브에는 역삼각형 모양의 문양-큰 역삼각형 속에 두 개의 작은 역삼각형이 들어가 있는-이 새겨져 있었다.

"혹시 저 역삼각형이 트라이어드의 표시야?"

"맞아. 그런데 너무 노골적으로 쳐다보지는 마. 괜히 그의 신경을 건드려서 좋을 일 없어. 그의 말 한마디면 우리 모두가 지하 감옥으로 끌려갈 수도 있으니까."

"우리가 무슨 죄를 지었다고?"

"뭐? 죄? 그런 건 필요 없어. 그래도 되는 게 제국 황실의 힘이야."

"너무한다……."

"이제 그만. 마르코 님이 오고 있어. 난 파비온의 눈치를 좀 살피고 올게. 말조심 잊지 마."

샤이니가 파비온이 있는 곳으로 걸어갔다.

곧이어 마르코가 허겁지겁 달려와 허리를 숙였다.

"카론 님, 감사합니다. 상단을 정비하느라 인사가 늦었습니다. 처음부터 마법사인 줄 알았다면 최상으로 모셨을 것을……."

카론은 건성으로 인사를 받고 샤이니와 파비온이 있는 곳을 힐끔거렸다

샤이니가 뭐라고 말을 하는지 파비온의 표정이 좋지 않았다.

다시 장면이 바뀌었다.

강유진의 표정이 점점 굳어갔다.
밤하늘에는 조명탄이 작렬하는 가운데 카론과 샤이니가 쫓기고 있었다. 카론은 물론 샤이니까지도 피투성이였다.

“먼저 가. 내가 시간을 끌어볼게.”
샤이니가 고개를 저었다.
“아니, 카론과 함께 있겠어.”
“가야 해. 알잖아.”
“몰라. 내가 아는 건 카론의 곁에 있어야 한다는 거야.”
쿠쿠쿠쿠.
거대한 진동음과 함께 카론과 샤이니의 머리 위로 시뻘건 화염구(火焰毬)가 떨어져 내렸다.
“아이엔! 날려 버려! 뮤토 사크리시움!”
카론의 뒤에서 시퍼런 물줄기가 수직으로 솟구쳤다.
츠츠츠츠.
불덩어리가 꺼지며 사방으로 불꽃이 튀었다.
지이이잉.
어디선가 강렬한 에너지가 느껴졌다.
곧이어 십여 개의 빛줄기가 카론과 샤이니를 향해 날아들었다.
카론이 샤이니를 안고 허공으로 훌쩍 뛰어올랐다.
“벤투스! 가자! 헤라드 페사흐!”

돌개바람이 카론의 발을 받쳐 올렸다.

카론의 발 아래로 빛줄기가 쓸고 지나갔다.

꽈광! 쾅!

빛줄기가 닿는 곳에서 거대한 폭발음이 들려왔다.

"저건 타이탄의 광휘(光輝)야. 제국의 근위대가 타이탄의 무구(武具)를 손에 넣은 것 같아."

카론의 말에 샤이니가 절망적인 얼굴로 눈을 감았다. 트라이어드의 마법사들만 해도 벅찬데 타이탄의 무구까지 등장하다니!

퍽.

어디선가 날아든 탄환이 샤이니의 등을 관통했다.

'음…….'

샤이니는 비명을 지르지 않았다.

샤이니의 등에서 붉은 피가 줄줄 흘러내렸다.

하지만 그런 사실을 모르는 카론은 멀리 한 지점만 뚫어져라 노려보았다.

"아아! 파비온! 분명히 타이탄의 신전을 발굴하면 안 된다고 가르쳐줬건만! 어리석은 늙은이 같으니라고!"

카론과 시선이 마주치자 늙은 마법사 파비온이 소리쳤다.

"카론! 이 못난 놈아! 지금이 어느 때인데 아직까지도 타이탄의 저주 타령이냐! 지금도 늦지 않았다! 저항하지 말고 정령술을 우리에게 전수해라! 그러면 옛정을 봐서라도 너와 샤이니가 여생을 안락하게 지낼 수 있도록 해주마! 명예를 원한다면 제국 최고의 아카데미에서 종신교수로 살 수도 있다! 권력을 원한다면 마법부의 장관도 될 수 있다! 어떠냐?"

"바보 같은 늙은이야! 세상이 멸망하게 됐는데 그깟 명예와 권력이 무슨 의미란 말이냐!"

"어리석은 놈! 네 앞에 드러난 신전의 분류 번호가 T1000이다. 무슨 소린지 알겠느냐? 바로 대륙에서 발견된 천 번째 타이탄 신전이라는 뜻이다. 천 개의 신전이 나왔지만 세상은 멀쩡하다! 너는 아직도 그런 잠꼬대 같은 소리나 하고 있을 테냐! 그만하고 내려와라!"

"그, 그럴 리가, 그럴 리가 없어!"

"카론! 내가 너를 알게 된 지 벌써 십 년이 지났다. 너의 방해가 아니었다면 오 년 전에 끝났을 발굴이지만, 트라이어드의 마스터께서는 너를 용서해 주겠다고 하신다! 그것은 네가 잘나서가 아니다! 네가 정령술의 유일한 계승자라서 용서해 주기로 한 것이다! 이제 무의미한 싸움을 끝내자!"

카론이 넋 나간 얼굴로 중얼거렸다.

"아니야! 거짓말이야! 그렇지? 샤이니, 저 늙은이가 거짓말을 하는 거지?"

"……미안…… 나 이제 힘들 것 같아……."

그제야 카론은 샤이니가 심상치 않다는 것을 깨달았다.

"왜, 왜 그래? 눈떠, 샤이니, 눈 좀 떠봐."

"카론…… 나는 너를 믿어…… 하지만…… 만약…… 세상이 멸망하지…… 않는다면…… 종신교수가 되는 것도…… 재밌을 거야…… 너도 쉬어야지…… 싸우기만 했잖아……."

…….

"난, 난…… 어머니가……."

어머니의 가르침에 따르면 세상은 멸망한다. 하지만 샤이니가 죽어가고 있다는 것을 제외하면 세상은 어제와 같았다.

카론과 샤이니의 몸이 서서히 지상으로 내려왔다.

타이탄의 무구로 무장한 천 명의 제국군 근위대와 삼백 명이나 되는 트라이어드 마법병단이 카론의 주위를 철통같이 에워쌌다.

마법병단에서 두 노인이 걸어 나왔다.

마법사 파비온과 트라이어드의 마스터, 리프 카이트린이었다.

"저런…… 쯧!"

죽어가는 샤이니를 발견한 리프 카이트린이 황급히 손을 뻗었다.

금빛의 광륜이 샤이니를 감쌌다.

출혈은 멎었지만 샤이니는 더 이상 숨을 쉬지 않았다.

트라이어드의 치료술은 독보적이라고 할 수 있지만 죽어가는 샤이니를 구하지는 못했다. 이미 너무 많은 피를 흘린 탓이다.

"크흑! 샤이니…… 나의 어리석음이 너를 죽였구나……."

카론이 샤이니의 시체를 안고 통곡했다. 세상이 끝날 줄 알고 신전 발굴단과 결사적으로 싸웠는데, 이런 허망한 결과라니…….

카론을 지켜보고 있던 리프 카이트린의 입에서 한숨이 흘러나왔다.

지난 10년간 카론과 전쟁을 치르느라 제국과 트라이어드는 상상할 수도 없는 피해를 봤다. 제국군 일만과 세 개의 마법병단이 몰살당한 것이다. 과거 동맹 측의 왕국과 벌인 3년 전쟁의 피해와 맞먹는 규모다. 동맹 쪽의 신전 발굴단이 입은 피해는 제국보다 더하다고 들었다.

하지만 극심한 피해는 오히려 카론의 가치를 높이기만 했다. 제국과 동맹은 피해가 클수록 카론에 욕심을 냈다. 타이탄의 전유물로 알려진 카론의 정령술 때문이다. 카론의 정령술이면 더 큰 일도 할 수 있다고 믿었다. 그것은 트라이어드 역시 마찬가지였다.

어쨌든 모두가 바라던 카론과의 전쟁은 10년 만에 끝이 났다. T1000의 유적 앞에서 말이다.

카론은 특별 보호소에서 황제의 사면장을 받았다.

사면의 조건은 간단했다. 제국의 아카데미에서 종신교수로 재직하라는 것이었다. 그것은 파비온이 제안하고, 샤이니가 원하던 것이기도 했다. 물론 삼십 대 초반인 카론이 아카데미에서 가르칠 과목은 타이탄의 정령술이었다.

카론이 보호소에서 특별 사면장을 받던 날, T1000의 발굴도 완전히 끝이 났다.

그리고 타이탄의 저주가 실현되었다.

아카데미의 연구실에 있던 카론은 곳곳에서 지진과 화산폭발이 일어나자 태블릿을 만들기 시작했다.

마지막 태블릿을 손에 들고 창밖을 내다보던 카론이 돌아섰다.

카론이 강유진을 마주 보고 섰다.

어쩌면 카론은 그저 정면을 보고 있는지도 몰랐다.

하지만 강유진은 카론이 자신의 앞에 섰다고 생각했다.

그리고 그런 강유진의 생각은 옳았다.

"나는 신화를 기억하고 전달하는 마지막 루인족 카론입니다. 지금은 세계의 멸망을 지켜보고 있지요. 나의 나이는 우리의 행성이 빛나는 어머니별을 서른세 바퀴 돈 것과 같습니다. 아시다시피…… 나는 어머니를 구하고, 세계를 구하고, 샤이니를 구하고 싶었지만…… 모두 실패했습니다."

'쯧…….'

카론의 인생역정(人生歷程)을 알고 있는 강유진은 혀를 찰 수밖에 없었다.

"어머니에게 타이탄의 신성력을 전해 받은 뒤로 많은 변화가 있었습니다. 이제는 어머니가 하신 말씀의 의미를 알 것도 같습니다. 내가 고집을 부리지 않았다면 어머니는 세상의 멸망을 지켜볼 수 있었겠지요. 어쩌면 샤이니도……."

카론의 얼굴에 처연한 미소가 떠올랐다.

'그건 당신의 잘못이 아니야. 그냥, 시대가 맞지 않았던 거야. 누구라도 국가권력의 힘에서 자유로울 수는 없다고…….'

"우리의 문명은 타이탄의 신전처럼 땅 밑으로 가라앉을지 모릅니다. 나는 이 태블릿이 지적인 생명체에게 전해지기를 기원합니다. 그리고 누군가가 내 이름으로, 내가 하지 못했던 일들을 해주기를 바랍니다. 그렇게 된다면 나는 그를 통해서 살아가게 되는 거니까요. 어머니가 나를 통해서 살았듯이 말입니다."

'카론이 하지 못한 일이 뭘까?'

곧이어 카론은 태블릿의 제작에 관한 이야기를 했다.

"나는 세 장의 태블릿에 나의 기억을 차례로 주사(走査)했습니다. 그리고 먼 훗날 태블릿을 발견한 지적 생명체의 안전을 위해서 중력 제어와 생명유지 마법을 인챈트(enchant)했습니다. 물론 지적 생명체의 기준은 루인족을 기준으로 할 수밖에 없었습니다. 만약 당신이 루인족보다 지능이 떨어졌다면…… 태블릿에 인챈트된 마법은 발동되지 않았을 것입니다."

'헐, 그럼 나는 운이 좋았던 건가…….'

강유진이 안도의 한숨을 내쉬었다. 평소 아이큐에 자신이 없었는데 다행히 루인족만큼의 지능은 됐던 모양이다.

"나는 최선을 다했지만…… 후회하고 있습니다. 당신은 어떻습니까?"

'나? 나는 당신보다 더하다고……. 인생 막장이야…….'

"세계의 종말을 앞에 두고 나는 어머니와 같은 일을 해보기로 했습니다. 당신에게 타이탄의 신성력을 전하고, 나의 삶이 어떠했는지 보여주기로 한 것이지요. 당신은 서클의 결합을 통해 나의 기억을 보았겠지요? 나를 통해 차원의 문을 여는 법도 배웠을 겁니다. 참, 태블릿의 표면에 흐르고 있는 파란빛은 타이탄의 신성력입니다. 지금쯤은 모두가 당신의 몸에 흡수되었겠지만요."

'뭐, 뭐? 타이탄의 신성력?'

강유진이 놀랄 틈도 없이 카론의 말은 계속되었다.

"어머니처럼 이제 나도 당신을 통해 살아갈 것입니다. 당신은 부디, 타이탄의 딸인 어머니와…… 어머니의 아들인 나의 이름을 기억해 주십시오. 그리고…… 지금의 나와는 달리 후회가 남지 않는 삶을 살아주십시오. 모든 것은 엘의 뜻대로……."

팟.

한순간 영상이 사라지고, 몸이 뒤로 빨려들었다.

"헉!"

강유진이 눈을 번쩍 떴다.

손에 들고 있던 태블릿을 보니 어느새 칙칙하게 변해 있었다. 더는 카론을 볼 수 없다고 생각하니 아쉬움이 밀려왔다.

강유진은 자리에서 벌떡 일어나 거울 앞으로 다가갔다.

심연처럼 깊고 파란 빛깔의 눈동자가 보인다.

'타이탄이다!'

그제야 강유진은 자신에게 일어나고 있는 일을 이해할 수 있었다. 카론은 자신의 기억과 함께 타이탄의 신성력까지 전한 것이다. 타이탄의 신성력이 아니었다면 카론이 남긴 서클을 이해하지도 생성할 수도 없었을 것이다.

나는 지금 인간 강유진의 눈으로 세상을 보는 걸까?

타이탄의 눈으로 세상을 보는 걸까?

강유진은 거울 속으로 보이는 파란 눈을 더듬었다.

'이래서는 너무 눈에 띄는데…….'

생각을 하자마자 파란빛이 검은색 눈동자 속으로 스며들었다.

눈을 몇 번이나 깜빡거렸지만 더 이상 파란빛은 보이지 않았다.

강유진은 이제는 빛이 바랜 태블릿들을 책상 위의 책꽂이에 가지런히 꽂았다.

카론의 기억도, 타이탄의 신성력도 사라진 태블릿은 이제 신비가 아니다. 그것은 그저 추억의 일부일 뿐이다.

침대에 누운 강유진은 이제 자신이 무얼 해야 할지를 생각했다.

하지만 당장은 뾰족한 수가 없었다.

"일단은 잠을 좀 자야겠지?"

하는 일이 없던 카론과 달리, 당장 자고 일어나 근무를 나가야 했기 때문이다.

눈을 감았지만 잠은 쉽게 오지 않았다.

카론의 정령술이 머리에서 떠나지 않았다.

흑탑의 여자는 정령을 '다른 차원의 지적인 생체에너지'라고 표현했다.

하지만 따지고 보면 요정이나 정령도 다른 차원의 존재를 가리키는 말이었다.

루인족은 다른 차원의 존재를 자신들이 즐겨 쓰는 언어로 표현했는지도 모른다. 확실히 '다른 차원의 지능을 가진 생체에너지'라는 말보다 '정령'이라는 표현이 훨씬 마음에 와 닿았다. 문득 '루인족과 인간은 외모뿐 아니라 내면까지 닮았는지도 모른다'는 생각이 들었다.

'그래, 정령인 거다…….'

아이엔은 물, 플라멘은 불, 클레베스는 대지, 벤투스는 바람, 루카는…….

'루카는 뭘까? 빛과 암흑? 블랙홀과 화이트홀? 시간과 공간?'

아무렴 어떤가! 정령은 자신에게 해를 끼치지 않는 친구요, 보호자요, 맹약의 대상자다.

강유진은 정령들을 하나하나 떠올리다가 잠에 빠져들었다.

*　　*　　*

전시회 마감을 하루 앞둔 5일 저녁까지만 해도 강유진의 일상은 평범했다. 고가품의 경비도 익숙해지니 시들한 느낌이다. 처음에 왜 그렇게 긴장했는지 돌이켜보면 웃음이 나올 정도였다. 돌이켜보면 혼자 지키는 것도 아니고, 파트너가 보안팀장인 민영식이니 걱정할 것도 없다. 그런데도 훈련소에 처음 입대를 할 때처럼 바싹 긴장하고 있었다.

"휴! 이제 내일이면 끝이군요."

민영식이 시계를 보며 중얼거렸다.

강유진도 전염이라도 된 듯 휴대전화의 외부 조작키를 눌렀다.

[08. 05(목). PM. 11:05]

이제 55분만 있으면 근무 교대다.

마지막 하루라고 생각하니 뿌듯한 기분이 든다. 전문적인 보안관리자들과 함께 고가의 미술품을 지켜냈다는 자부심에서다.

"오늘 날씨는 어떤가요?"

갑자기 민영식이 날씨를 물어왔다.

"글쎄요. 출근할 때는 비가 올 것도 같았는데……."

"혹시 일기예보 보셨나요?"

강유진이 휴대전화를 열었다. 날짜 위에 우산 표시가 떠 있다.

"비가 온다고 하네요."

"쩝, 지하에 있으니 비가 오는지 눈이 오는지 알 수가 있나……."

"내가 잠깐 나가볼까요?"

원래 한 사람씩 교대로 순찰을 돌 때 종종 외부로 나가기도 했다.

"그럼 비가 오는지도 좀 봐주세요."

"그러죠."

강유진은 미술관의 문을 열고 밖으로 나갔다.

마지막 계단을 오른 강유진이 인기척을 느끼고 막 돌아설 때다.

퍽.

한순간 눈앞에서 불이 번쩍였다.

곧이어 정신을 잃은 강유진의 몸이 스르륵 무너졌다.

어둠 속에서 나타난 남자가 강유진의 몸을 둘러업고 근처에 세워둔 승합차로 이동했다.

남자는 강유진을 짐칸에 내려놓은 뒤, 입을 테이프로 막고 손과 발을 묶었다.

그리고 강유진의 품에서 미술관의 정문 열쇠를 꺼냈다.

곧이어 또 다른 남자가 합류했다.

남자 둘이 마리나 미술관으로 내려갔다. 남자들의 손에는 전기충격기와 가스총이 들려 있었다.

"어? 이 XX 깰 거 같은데요?"

"그래? 상관없잖아. 어차피……."

강유진이 힘겹게 눈을 떴다.

아까부터 뭔가가 자꾸 얼굴을 때리고 있었다.

게다가 귀에 거슬리는 음성이 불쾌하게 귓가를 떠돌아다녔다. 마치 귓속으로 날파리 한 마리가 들어온 것 같았다.

'으헉!'

정신을 차리고 보니 머리만 빼고 온몸이 땅속에 묻혀 있다.

깜짝 놀라 주변을 살피니 달빛 아래 두 남자가 서 있는 게 보인다.

일해보안의 보안팀장 박무연과 최효종이다.

최효종의 손에는 삽 한 자루가 들려 있었다.

그제야 자신의 얼굴을 때리던 게 뭔지 확실히 알 수 있었다. 최효종이 삽질을 할 때마다 흙가루가 튀었던 것이다.

소리라도 지르고 싶었지만 입이 테이프로 막혀 있었다.

머리를 좌우로 흔들자 최효종이 삽질을 멈췄다.

최효종이 가까이 다가와 허리를 숙였다.

코로 담배 냄새가 확 밀려왔다. 어찌나 골초인지, 턱 아래의 생흙과 주변의 풀 냄새보다 담배의 지린내가 더 심했다.

최효종이 강유진의 입에 붙었던 테이프를 쭉 뜯어냈다.

"으음……."

"야 이 개XX야, 뭐? 합의금? 누워서 남이 해주는 밥 좀 먹어보자고? 크크큭. 어디 땅 파고 나와서 합의금 요구해 봐, 이 개XX야!"

최효종이 강유진의 얼굴을 후려쳤다.

"크윽……."

입술이 찢어지며 피가 튀었다.

"무슨 소리야?"

박무연이 다가왔다.

"이 XX가 글쎄, 광열이가 까불면 맞는다고 했더니…… 합의금 있음 치라고 하더라고요. 누워서 남이 해주는 밥 좀 먹고 싶다나?"

"쯧, 불쌍한 광열이…… 죽기 전에 저런 새끼에게도 밟혔구나."

"죽다니…… 당신들…… 무슨 짓을 하고 있는 거요?"

최효종이 아무렇지도 않은 표정으로 말했다.

"XX야, 네 발밑에 묻힌 게 광열이야."

"무, 무슨 소리요?"

"무슨 소리긴 XX야, 광열이가 네놈 파트너에게 얼굴을 보이는 바람에 어쩔 수 없이 묻었다. 됐냐?"

"내 파트너? 그럼 민영식 씨는 어떻게 됐소?"

"곧 죽을 놈이 참 궁금한 것도 많네. 그 XX는 머리통이 깨졌으니 죽지 않았으면 인사불성이겠지."

"대체 왜 이런 짓을……."

"이유가 알고 싶냐? 우린 돈이 필요해서 미술관을 털었어. 그런데 민영식이 광열이의 얼굴을 봤거든. 어쩌겠어? 네놈 발밑에 묻어줬지. 그게 다야. 이제 네놈만 묻으면 이번 작전도 끝나. 그러니까 답답해도 좀 참으라고."

"……."

숨이 턱 막혀왔다.

범죄자들에게 살해당할 위기에 몰리다니? 갑자기 가슴이 벌렁거렸다. 영화에서나 보던 일이 자신에게 일어난 것이다.

"당신들은 나와 김광열로 끝날 거라고 생각했소? 대한민국 경찰이 그렇게 바보인 줄 아시오? 지금이라도 그만두는 게……."

"참, 말 많은 XX네. 우리가 그래도 보안서비스업에 종사하는 사람들인데 그렇게 허술하겠냐? 광열이가 미술관 문 따고 들어가면서 네 이름 좀 팔았다. 민영식은 아마 너랑 광열이가 훔쳐간 줄 알 거야. 나랑 팀장 형님은 알리바이를 만들어뒀거든."

"그럼, 김광열은 처음부터 죽일 생각이었나 보군."

"그래, 씨발 XX야, 광열이랑 너랑 미술관 털어먹고 쨌다는 게 우리가 만든 계획이다. 이제 속이 좀 시원하냐?"

"김광열은 당신들과 같은 식구로 알고 있었는데……."

"안타깝지만 어쩌겠어? 120억을 넷이 나누는 것보다는 셋이 나누는 게 알차잖아. 게다가 범인도 필요하고."

"당신들은 둘인데…… 왜 셋이 나누지?"

"너 같은 루저(loser)는 그런 거까지 몰라도 된다. 이제 그만 가라. 너만 가주면 된다. 고통 없이 가게 뒤통수라도 쳐주랴?"

"……."

강유진은 아무런 말도 하지 않았다.

모든 게 현실이다. 지금 자신에게 일어나고 있는 일은 카론의 기억을 보는 것과 다르다. 이미 한 사람이 죽었고, 곧 자신의 차례였다.

강유진은 숨을 크게 들이마셨다.

자신이 정신병자인지 아닌지는 병원에 가지 않아도 알게 될 것이다.

지금까지 자신이 경험한 일들이 사실이라면 살 것이고, 망상이라면 반드시 죽으리라.

"에르 쉬 바쿰!"

제10화

아케론닷컴

최효종의 삽질이 다시 시작됐다.

흙더미가 어깨 주변에 후두둑 떨어져 내렸다.

강유진은 눈을 크게 부릅떴다.

A4용지에 수도 없이 그렸던, 그래서 이제는 눈을 감고도 그릴 수 있게 된 미스터리 서클이, 강유진의 눈앞에 나타났다.

"뭐, 뭐야?"

최효종이 기겁을 하고 물러났다.

"무슨 일인데 호들갑이냐?"

"혀, 형님, 저기에 도깨비불…… 과, 광열이의 혼이……."

"무슨 헛소리야?"

세 개의 미스터리 서클이 중첩되고, 융화되었다.

그리고 빛의 터널들이 나타났다.

"클레베스……."

강유진의 속삭임이 끝나기가 무섭게 얼굴 앞에 작은 토우(土偶: 흙인형)가 나타났다. 그것은 언젠가 강유진이 중국에 출장을 갔다가 보았던 진시황의 무덤에서 본 것과 비슷했다.

토우는 강유진과 눈이 마주치자 머뭇거리는 것 같았다.

강유진은 카론처럼 토우에게 손을 내밀 수가 없었다.

"이리 와. 오라고. 내가 널 불렀어."

토우가 머뭇머뭇 강유진에게로 걸어갔다. 정확하게는 강유진의 눈동자에 맺혀 있는 신성력을 향해서다.

토우의 손끝이 강유진의 눈에 닿았다.

"헛."

손가락이 눈으로 파고들자 강유진의 입에서 헛바람소리가 흘러나왔다.

곧이어 강유진의 몸이 흙으로 뒤덮였다.

"지, 지진인가?"

갑자기 흙더미가 치솟아 봉분을 만들자 박무언이 중얼거렸다.

최효종이 슬금슬금 물러나며 말했다.

"형님, 그 새끼도 묻혔으니까, 어서 가죠. 더는 못 있겠습니다."

"야 XX야, 남자가 간이 콩알만 해서 어디다 쓰려고 그래? 도깨비불이니 뭐니 누가 들으면 웃겠다."

"형님, 진짜 아까 그 XX 코앞에 도깨비불이 나타났었다니까요."

"아예 지진도 도깨비불이 일으켰다고 해라."

"진짜 그럴지도 몰라요."

"미친 XX, 재수 없게 자꾸 그런 헛소리할래? 우리가 지금까지 묻은 XX들이 몇인데 지금 도깨비불 얘기를 해?"

"어, 어……."

최효종이 뒷걸음질을 쳤다.

"아, 또 왜?"

"혀, 형님, 뒤, 뒤……."

최효종이 공포에 질린 눈으로 박무연의 뒤쪽을 바라보았다.

"뒤에 모? 헉……."

신경질적으로 돌아보던 박무연의 입이 쩍 벌어졌다.

키가 3미터 이상 되는 거대한 토우의 어깨 위에 한 남자가 앉아 있었다.

달빛 아래 드러난 남자의 얼굴을 살피던 박무연과 최효종은 그만 엉덩방아를 찧고 말았다. 방금 파묻은 강유진이 하얀 이를 드러내며 웃고 있었던 것이다.

"그를 꺼내줘."

강유진의 말이 떨어지기가 무섭게 땅은 김광열을 토해냈다.

곧이어 토우가 손을 내밀었다.

강유진이 자연스럽게 토우의 손을 밟고 지면에 내려섰다.

김광열의 맥을 짚어보던 강유진이 고개를 저었다.

"으아아아!"

"으으……."

박무연과 최효종이 미친 듯 어둠 속으로 내달렸다. 달빛 아래 거대토우와 되살아난 강유진이 무서웠던 것이다.

하지만 두 사람은 그리 멀리 가지 못했다.

어느새 두 발이 땅속에 박혀 조금도 움직일 수가 없게 된 때문이다. 기이하게도 땅은 액체처럼 출렁이고 있었다.

강유진이 두 사람에게 다가갔다.

"클레베스. 조금 더 묻자."

…….

토우는 자신이 해야 할 일을 찾지 못하고 우물쭈물했다.

의미가 전달이 되지 않았던 모양이다.

마치 무선인터넷에 접속한 것처럼 클레베스와의 교감은 끊어졌다 이어지기를 반복했다. '정령과의 교감을 강화시키는 것이 마법의 언어다' 라던 탑의 가르침이 떠올랐다.

강유진은 기억을 더듬어 클레베스의 언어를 찾아냈다.

"차하르."

그제야 토우가 한 사람씩 잡아 땅에 밀어 넣었다.

푸우우욱.

땅은 마치 연두부처럼 저항 없이 두 사람의 몸을 받아들였다.
머리만 남은 두 사람의 앞에 강유진이 우뚝 섰다.
"자, 다시 정리해 보자. 너희는 둘인데 왜 셋이 나눈다고 했지?"
박무연이 덜덜 떨며 물었다.
"다, 당신은…… 누구십니까?"
"나? 마리나 미술관 경비야. 알고 있잖아."
"어, 어떻게 경비가…… 그리고 저 괴물은…… 누구……."
"질문은 내가 하고, 너희는 그냥 대답만 하는 거야. 알겠지?"
"예……."
"김광열까지 죽여 둘뿐인데, 왜 셋이 나눈다고 했어?"
"그, 그건…… 김재구와 함께 나누기로 했기 때문입니다."
"뭐? 김재구 화백?"
"예, 그 늙은이가 그림을 자기에게 가져오라고…… 보험금을 받으면 그때 정산해 주겠다고 했습니다."
"……."
강유진은 그제야 돌아가는 상황을 알 수 있었다. 이들은 처음부터 보험금을 노리고 있었던 것이다. 그림을 파는 루트를 확보하지 못했으니 당연한 것인지도 모른다.
"보험금이 120억이었나 보군."
"예, 그렇게 들었습니다."
"김재구 화백은 어쩌다가 너희들과 엮인 거야?"

"김재구가 엮인 게 아니고…… 이 일을 기획한 게 바로 그 늙은이입니다. 얼마 전에 경마를 하다가 빚을 지게 됐는데…… 어떻게 알았는지 그 늙은이가 찾아왔습니다. 그림은 자기가 처분할 테니 가져오라고 하더군요……. 대신 보험금을 뿜빠이 해주겠다고……."

"그렇다고 치자. 네 말이 진실이라는 것을 어떻게 증명할 수 있지?"

"여기서 그 늙은이의 시골집이 멀지 않습니다. 그림을 거기에 옮겨놓았으니…… 가면 찾을 수 있을 겁니다. 우리가 길안내를 하겠습니다. 살려만 주십시오."

"내가 형사냐? 그런 일을 하게. 나는 신고만 한다."

강유진은 근처의 봉고차에서 자신의 휴대전화를 찾아냈다.

다시 흙구덩이로 돌아온 강유진은 두 사람을 꺼낸 뒤에 범행 일체를 자백 받았다. 이번에는 변심할 때를 대비해서 휴대전화로 녹화까지 했다. 대략 5분간에 걸친 녹화가 끝나자 봉고차에서 가져온 밧줄로 두 사람을 꽁꽁 묶었다.

"도깨비불이니 흙괴물이니 하는 얘기를 해봤자 믿을 사람도 없을 거다."

"……."

"그래도 만약 그런 헛소리를 하고 싶다면…… 김광열이 당한 대로 돌려주지."

“저, 절대 그러지 않겠습니다.”

“저도 말하지 않겠습니다.”

“내가 깨어나서 너희들을 기습한 거야. 알겠어?”

“예, 예.”

두 사람이 고개를 주억거렸다.

순간 강유진의 주먹이 박무연의 턱에 꽂혔다.

퍽.

“크윽!”

그것으로 끝이 아니다.

강유진은 쓰러진 박무연의 위에 올라타 주먹을 마구 휘둘렀다.

잠시 후 손을 털고 일어난 강유진이 최효종에게 다가갔다.

“나한테 맞은 흔적이 있어야 하잖아.”

이번에는 최효종을 두들겨 팼다.

순식간에 최효종의 눈두덩이 시퍼렇게 부풀어 올랐다. 입술도 보기 흉하게 터져서 누가 봐도 제대로 맞은 얼굴이다.

그제야 흡족한 듯 강유진이 주먹질을 멈췄다.

강유진은 김광열의 시체와 두 사람을 봉고차 짐칸에 함께 밀어 넣었다.

멀리 산중턱에 거대한 토우의 그림자가 보였다.

“클레베스, 돌아가.”

말과 함께 강유진이 토우가 서 있던 공간을 움켜잡았다.

순간 클레베스의 몸이 스르륵 사라졌다.

*　　*　　*

강유진은 봉고차를 미술관 앞으로 가져갔다.

미술관 앞에는 이미 경찰차가 세 대나 서 있었다. 경찰들과 호기심으로 기웃거리는 이웃주민들로 미술관 앞 도로는 바글거렸다.

현장에서 보이지 않던 경비원 강유진이 나타나자 경찰들이 우르르 몰려들었다.

강유진은 대략의 범행 과정을 설명하고 짐칸을 열어 보였다.

짐칸에 쪼그리고 있던 두 사람이 그 자리에서 체포됐다.

곧이어 119구급대의 차가 와서 김광열의 시체를 싣고 갔다.

잠시 한숨을 돌리고 있는 강유진에게 이운학 관장이 종종걸음으로 다가왔다.

"몸은 괜찮은가?"

"예. 그런데 민영식 팀장은 어떻게 됐습니까?"

"119가 와서 실어갔는데…… 얼핏 들으니 두개골이 함몰되었다고 하더군."

"걱정이네요. 별일 없어야 할 텐데……."

"그러게 말일세. 그나저나 나는 자네가 보이지 않아서 끌려가 죽은 줄 알았네."

"후후, 도둑이라는 생각은 안 하시고요?"

"물론 경찰들이 자네가 도둑과 한패일지도 모른다고 했을 때는 잠깐 의심도 했었지. 누구라도 경찰이 그렇게 말하면 그런가 보다 하지 않겠나."

"그건 그렇죠."

"하여간 고맙네."

강유진은 딱히 할 말이 없어서 희미하게 웃어 보였다. 아직은 자신의 주변에서 일어난 일들이 꿈만 같았다. 사람이 죽어간 범죄 현장에서 살아 돌아왔으니 얼떨떨한 것이다. 평범하게 살아온 인생이라 더 실감이 나지 않는지도 몰랐다.

"휴, 긴 밤이었습니다."

"하여튼 욕 봤네. 나는 자네가 그렇게 싸움을 잘하는 줄은 몰랐어. 그 두 놈을 때려잡았다면서?"

"운이 좋았습니다. 제가 죽은 줄 알고 내버려둔 상태였거든요. 그때 깨어나지 않았으면 저도 김광열처럼 땅에 묻혔을 겁니다."

"하여튼 대단해. 자네 덕분에 우리 미술관이 살았네. 솔직히 보험을 전부 들어둔 건 아니었거든. 자네가 아니었으면 난 패가망신당할 뻔했어."

"경찰이 김재구 화백의 시골집으로 그림을 찾으러 갔으니까…… 문제없을 겁니다."

"허어, 김재구…… 그 친구가 나에게 그럴 줄이야……."

"열 길 물속은 알아도 한 길 사람 속은 모른다고 하지 않습니까."

"그래, 맞아…… 그래도…… 정말 그럴 친구가 아니었는데…… 사람까지 죽어나갔으니…… 그 죄를 어떻게 감당할꼬……."

"저는 이만 돌아가서 좀 쉬어야겠습니다."

"그래, 어서 들어가 쉬게. 지금 보니 자네 몰골이 말이 아니야. 쯧쯧."

"그런데 내일은 몇 시에 나와야 하나요?"

내일이 마지막 전시일이지만 지금 같은 상황에서 전시가 제대로 될 리가 없다. 게다가 김재구 화백 본인이 범인이니 그의 그림을 전시한다는 것도 문제가 있었다.

"김재구가 범인이라면 그의 회화를 전시하는 게 무슨 의미가 있겠나? 그의 그림을 소장하고 있던 사람들만 바보가 된 게지. 그가 죽은 뒤라면 혹 모를까…… 아직은 예술성과 인간성을 완전히 구별하는 세상이 아니라네……. 특히 살아 있는 사람은 더하지."

"그럼, 8시까지 출근하면 되겠죠?"

"그러게. 전시회는 오늘로 끝이 났다고 생각하면 될 게야. 그림도 없지만, 팔 수도 없고, 당분간은 팔리지도 않을 그림인걸 뭐……."

"예, 전 이만 쉬러 가겠습니다."

"전철이 끊겼을 테니 내가 데려다 주겠네."

"그래 주시면 감사하고요."

강유진은 사양하지 않았다. 일단 몸이 너무 피곤했던 것이다. 최효종에게 맞은 자리도 욱신거렸다. 신성력은 체력의 강화와 관계가 없는 모양이다.

*　　*　　*

강유진은 한동안 경찰서를 들락거려야 했다. 사건의 유일한 증인이자 피해자 중 한 사람인 까닭이다. 하지만 그렇게 사흘쯤 지났을까? 범인들의 적극적인 자백 덕분에 담당 형사로부터 '더 이상 오지 않아도 된다.'는 통보를 받을 수 있었다.

그로부터 얼마 후 김재구 화백의 범행이 각종 언론사 사회면을 장식했다. 김재구 화백의 사건은 많은 사람들의 입에 오르내렸지만, 일주일이 지나기도 전에 잊혀졌다. 워낙 활동적인 나라인지라 또 다른 대형 사건사고에 묻혀 버린 것이다.

10월이 되자 미술관도 다시 일상으로 돌아갔다.

"아저씨, 약해 보이는데 진짜 싸움 잘해요?"

아침부터 이지영이 집적거렸다.

강유진의 얼굴이 일그러졌다. 심심하면 나타나서 이것저것 물어보는 통에 아주 괴로울 정도다.

"그냥 운이 좋았다니까요."

"그게 운으로 다 돼요? 아무도 해석 못하는 고대의 탁본도 술술 읽고, 힘 잘 쓰는 경비원 두 명도 때려눕히고…… 문무겸전(文武兼全)인가?"

"탁본은 그냥 창작한 거고, 지난 번 일은 운입니다."

"에이, 무슨 섭한 말씀을……. 권 선배가 아저씨 만나야 한다고 전시회 기간에 두 번이나 찾아왔었는데. 아저씨 근무 시간이랑 안 맞아서 그냥 돌아갔지만."

"하하, 제 핑계를 대고 놀러 온 거겠죠. 정말 만나고 싶었다면 근무 시간표를 확인하고 오면 되는데."

"우후후, 누가 근무 시간표를 보여주지 않았거든요."

"……."

강유진이 뜨악한 표정으로 이지영을 바라보았다. 착하고 유능하다고 칭찬이 자자한 아가씨가 이게 웬 심술인지 이해할 수가 없다.

"그런데 요즘 이상한 거 읽으신다고요?"

"이상한 거?"

"에이, 왜 이러실까~ 일해보안 사람들에게까지 소문이 쫙 났던데."

"그 사람들이 또 뭐래요?"

강유진이 인상을 찡그렸다. 김재구 화백의 사건 이후로 한동안 일해보안의 이야기를 듣지 않았는데, 또 무슨 못된 소리가 나왔나

보다.

"뭘 그렇게 긴장해요? 나쁜 얘기도 아닌데."

"……."

"아저씨 요즘 출퇴근길에 컴퓨터 책 읽는다면서요?"

"아, 예."

대답하면서도 강유진은 속으로 '그 사람들 참 할 짓 없다.' 라고 중얼거렸다. 남이 오가며 무슨 책을 읽든지 왜 신경 쓴단 말인가?

하지만 이지영은 그렇지 않은가 보다.

눈까지 반짝거리며 캐물었다.

"왜요? 혹시 전산 계통의 일자리를 알아보시려고요?"

"아니요. 그냥 남들처럼 홈페이지라도 하나 만들어볼까 해서요."

"엥? 홈페이지요?"

"네, 다들 하나씩은 가지고 있다고 하더라고요. 저도 이번에 하나 만들어볼까 생각중입니다."

"어머, 그거 좋겠다. 아저씨 홈페이지 빨리 만들어요. 잘 모르면 제가 도와줄 수도 있어요. 그거 만들기 디게 쉬워요."

"저 같은 아.저.씨. 에게는 그렇게 쉬운 일이 아니거든요."

강유진이 조금 퉁명스럽게 말했다.

말끝마다 아저씨라고 하니 은근히 속이 상했던 것이다. 여자 나이 27세면 같이 늙어가는 처지라고 할 수 있지 않은가!

"어머, 아저씨라고 하니까 기분 나쁜가 보다. 그런 거예요?"

"지난번 전시회는 말아먹었잖아요? 이지영 큐레이터님은 새로운 행사 기획 안 합니까?"

"그, 그건, 제가 다 알아서 하고 있거든요!"

"경비 서고 있는데 자꾸 와서 방해하지 마시고, 가서 기획이나 하시는 게 어떨까요?"

"와! 심하다. 나같이 이쁜 큐레이터가 말 걸어주면 감격해야지, 어떻게 일하라고 쫓아낼 생각을 하냐."

"관장님 오시네요."

"……."

관장님 온다는 말 한마디에 이지영이 뒤도 돌아보지 않고 달아났다.

이운학이 멀어져 가는 딸의 뒷모습을 보며 혀를 찼다.

"쯧쯧, 저 녀석은 언제 철이 들려고……. 야단 좀 쳤더니 이젠 나를 보면 무조건 피해 다니네? 그건 그렇고 자네, 경력을 살려볼 생각은 없나?"

"무슨 말씀이신지?"

"얼마 전 국립중앙박물관에 있는 저 녀석의 선배에게서 전화가 왔었네. 그쪽 행정지원과에서 경력이 있는 관리직을 모집하는 모양이야. 한번 응모를 해보는 게 어떤가?"

이지영의 선배라면 권유리일 것이다. 권유리 역시 강유진이 가까이 하지 않으려는 사람 중에 하나다. 자꾸 고대의 문자를 해석해 달라고 쫓아다니기 때문이다. 전에 있었던 일은 그냥 자신의 창작이라고 해도 믿지 않았다. 아니 대놓고 창작이라도 좋으니 아무거나 써달라고 하는 통에 아주 골치가 아플 정도였다.

"저는 국립중앙박물관에는 뜻이 없습니다."

"그런가?"

이운학이 아쉬운 표정으로 강유진을 바라보았다.

금쪽같이 아끼는 막내딸이 자꾸 그의 주변을 기웃거리는 게 영 마음에 걸렸다. 그래서 경력을 살릴 만한 좋은 자리를 찾아 얼른 내보내려고 하는데 상대가 응해 주지를 않는다. 혹시 강유진은 경비를 천직으로 여기고 있는 것일까?

"자네, 앞으로도 계속 경비원 생활을 할 생각인가?"

"당분간은 그러려고 합니다."

"흠, 경비는 자네의 전문분야가 아니지 않은가? 자네의 화려한 경력이라면 오라는 곳도 많을 텐데…… 앞으로 여자도 좀 사귀고 하려면 경비보다는……."

"쩝, 일자리가 그렇게 넘치면 이태백(20대 태반이 백수), 삼팔선(38세가 정년)이라는 말이 사회적으로 이슈가 되겠습니까? 그리고 여자는 생각 없습니다."

"흠, 여자에 관심이 없다니 참 거시기 하구먼."

"남자에게도 관심 없습니다."

"험, 농담일세. 어쨌든 국립중앙박물관의 일은 생각을 좀 해보게. 자네가 아까워서 그래. 서류만 넣으면 거의 될 거같이 말하던데…….”

“생각해 보겠습니다.”

“결정이 되면 나에게도 좀 알려주게.”

그 말을 끝으로 이운학 관장이 돌아갔다.

인간의 감정은 상대적이다. 강유진은 자신을 내보내고 싶어 하는 이운학의 마음을 느꼈다. 십중팔구 딸에 대한 걱정 때문이리라. 슬슬 다른 일자리를 알아봐야겠다는 생각이 든다. 그래도 전처럼 암울하다거나 비참하다는 생각은 들지 않았다. 자신에게는 더 큰 꿈이 있기 때문이다.

“홈페이지를 빨리 만들어야겠는데…….”

이미 홈페이지의 주제나 구성에 대해서는 결정을 내린 상태였다. 하지만 직접 만들 줄을 몰라서 연구를 하고 있는 중이었다. 물론 유명 웹사이트에서 제공하는 홈페이지도 있지만 그건 자신이 하고자 하는 일에 맞지 않았다.

퇴근 직전에 이지영이 또 쪼르륵 달려왔다.

“아빠가 뭐래요?”

“국립중앙박물관에 자리가 생겼는데 지원하겠느냐고 물으시더라고요.”

“흥! 권 선배가 중간에서 장난을 치고 있나 보네. 그래서 뭐라고 하셨어요?"

"아직 이직할 생각은 없다고 말씀드렸습니다."

"잘하셨어요. 아니지, 그런 데가 잘만 가면 좋긴 좋은데……. 나도 모르겠다."

고민하고 있는 이지영을 보고 있자니 이운학에 대한 섭섭함이 조금 가신다. 곁에서 본 이운학과 이지영은 근본이 착한 사람들이었다.

"그런데 홈페이지는 진전이 좀 있어요?"

"몇 시간 지났다고 진전까지……."

"그럼 내가 만들어줄까요?"

"아니에요. 그건 내 손으로 만들어야 해요."

"피이! 어느 세월에요?"

"언젠가는 되겠죠."

"음, 그럼 내가 간단하게 만드는 과정을 보여드릴게요. 그럼 책을 봐도 이해가 빠를 거예요."

"……."

강유진은 거절하고 싶었지만 홈페이지를 빨리 만들고 싶다는 생각에 그러지 못했다.

"가요!"

이지영이 머뭇거리고 있는 강유진의 팔을 잡아끌었다.

강유진은 못 이기는 척 이지영의 사무실로 들어갔다.

이지영은 익숙한 솜씨로 도메인을 사고, 홈페이지를 만들어 올리는 일련의 과정을 보여줬다.

덕분에 강유진은 책에서 말하는 내용의 대부분을 쉽게 이해할 수 있었다.

퇴근하는 전철 안에서 다시 홈페이지 제작을 설명한 책을 읽는데 눈에 쏙쏙 들어왔다. '백문(百問)이 불여일견(不如一見)이다' 라는 말이 실감나는 순간이었다. 무슨 말인지 알쏭달쏭하던 내용이 머릿속에 명확하게 이해가 됐으니 말이다.

강유진은 원룸텔에 돌아가자마자 노트북을 켰다.

그리고 지난 일주일간 벼르고 벼르던 홈페이지를 한 시간에 걸쳐 완성할 수 있었다.

물론 솜씨가 좋은 사람들이 보기에는 허접함의 극치였지만, 강유진은 스스로 만들었다는 데 의의를 부여했다.

홈페이지의 이름은 아케론(Acheron)이었다.

아케론은 그리스 신화에 나오는 저승의 강이다. 죽은 사람이 헤르메스 신의 안내로 황천(黃泉)에 이르면 카론의 배로 이 아케론 강을 건너야 한다.

강유진은 얼마 전 인터넷에서 '카론' 의 이름을 검색하다가, 그 이름이 '아케론' 강에 있는 뱃사공의 이름과 같다는 것을 알게 되었다.

카론은 자신의 이름으로 세상에 뭔가 해주기를 바랐다.

그래서 생각한 것이 '아케론'을 만드는 것이다.

먼저 홈페이지 '아케론'을 만들고, 그곳에 하소연하는 사람들의 일을 '카론'의 이름으로 해결해 줄 생각이었다. 그것이야말로 카론이 생전에 하지 못한 일들 즉, 어머니와 샤이니를 구하고 세상의 멸망을 막는 것이기 때문이다.

아케론이 첫 번째 저승의 강으로 '비통의 강'이란 뜻을 가지고 있으니, 절체절명의 궁지에 몰린 사람들에게도 얼추 맞는 의미가 아닌가! 아케론의 주인이 뱃사공 카론이어야 함은 당연하다. 어느새 그리스 신화가 가지고 있던 '아케론'이나 '카론'의 존재의미와는 좀 동떨어지게 되었지만, '뭐 어때.' 라고 중얼거리며 넘겨버렸다. 강유진은 '비통의 강 아케론에 오면 카론이 도와준다.'는 뜻만 통하면 된다고 생각하고 있었다.

밤 12시에 강유진은 홈페이지 아케론을 인터넷에 띄웠다.

그리고 대문에 다음과 같은 글을 썼다.

[인생의 막다른 곳에 흐르는 아케론, 비통(悲痛)의 강. 카론에게 의뢰하면 슬픔은 없다.]

그리고 한쪽 귀퉁이에 임파서블 미션(Impossible Mission)이라는 게시판을 걸었다.

임파서블 미션 게시판의 첫 글은 공지로 올렸다.

1) [공지] 임파서블 미션을 이용하는 법

완성하고 한 걸음 물러나 보니 홈페이지 대문의 글과 게시판 달랑 하나뿐이다. 회원가입 같은 기본적인 기능 외에는 아무것도 없다.

마음 한편으로 좀 한심하다는 생각이 들었지만 내버려두기로 했다. 일단은 이것이 자신의 최선이었기 때문이다.

*　　*　　*

밤늦게 아케론닷컴의 홈페이지를 개설하고 하루가 지났다.

퇴근하고 홈페이지에 들어가 방문자를 보니 숫자가 1이다. 물론 그 1은 자기 자신이었다.

한국에 비통한 사람이 없든지, 홍보가 되지 않고 있다는 뜻이다.

강유진은 인터넷 게시판을 돌아다니며 광고를 해보기로 했다. 어느 정도 소문이 나야 사람들이 와서 하소연을 늘어놓을 것이라는 생각에서다.

강유진은 게시판을 다니며 자작 광고 글을 올렸다.

내용은 대충 '아케론.com의 임파서블 미션 게시판에 진짜 어려운 일을 의뢰했다. 그런데 이게 웬일? 한 방에 해결해 주더라.' 는 내용이었다.

다음 날 보니 몇 개의 댓글이 달렸다.

반가운 마음에 클릭했던 강유진의 얼굴이 붉게 달아올랐다.

－게시판에 의뢰가 없던데 무슨 개솔?

－아케론 주인장님 광고 즐~

－씨발, 내가 다니는 곳마다 광고로 도배했네.

－오빠, 외로우면 전화주세요. 070－XXXX－XXXX

－청순 글래머 24시간 대기 중. 070－XXXX－XXXX

그래도 아케론 홈페이지에 와봤다는 소리가 아닌가?

급히 아케론 홈페이지를 클릭하니 방문자가 7이나 됐다. 하루 만에 자그마치 일곱 배의 방문자가 생긴 셈이다.

하지만 임파서블 미션 게시판에는 아무런 의뢰도 없었다. 분명히 이용 방법까지 친절하게 알려줬건만 단 한 사람도 인생의 어려움을 토로하지 않았다.

셋째 날은 정마담이라는 사람이 '보증인 없이 2천만 원까지 스피드 대출을 해주겠다.' 는 글을 남겼다.

총 방문자는 9.

방문자는 더 이상 늘어날 기미가 보이지 않았다.

홈페이지를 개설하고 일주일이 지났다.

그동안 강유진은 대출광고 세 개, 도박광고 두 개, 성인광고 일곱 개를 지웠다.

일일 방문자가 열 명도 안 되는 홈페이지까지 와서 저런 글을 남겨야 할 정도로 어려운 형편이라고 생각하니 동정이 갔지만, 지울 수밖에 없었다.

십 일째 되던 날, 자신의 방법이 잘못된 건 아닐까 고민하던 강유진이 홈페이지를 클릭했을 때다.

임파서블 미션 게시판에 새 글이 생성되었다는 뉴(new) 표시가 떠 있었다.

이번에는 무슨 광고인가 클릭했던 강유진의 눈에서 광채가 번득였다. 비공개 글로 적혀 있었다. 진짜 의뢰일 확률이 높았다.

1) [공지] 임파서블 미션을 이용하는 법

2) [의뢰] 도와주실 수 있나요?

제목을 클릭하니 본문이 환하게 펼쳐졌다.

[저는 국립과학기술대학원의 연구원 임지연입니다. 며칠 전부터 밤길이 무서워졌어요. 가끔씩 뒤에서 누가 따라오는 발걸음소

리도 들리고요. 신소재 개발 때문에 밤늦게 연구실을 나서는데 너무 신경이 쓰이네요. 흥신소에 가자니 괜히 이상한 소문만 날 것 같고. 정말 도움 주실 수 있다면 연락주세요. 010-XXXX-XXXX]

"앗싸! 왔구나!"

강유진이 주먹을 불끈 말아 쥐었다.

이것이야말로 카론이 바라던 그런 일이 분명했다.

하지만 문제는 있다. 대체 언제 국립과학기술대학원이 자리한 대전까지 간단 말인가? 근무는 월요일부터 토요일까지 하루도 쉬는 날이 없었다.

"결국 주말뿐인가……."

거리가 조금 멀다고 시작도 하지 않고 포기할 수는 없다. 인터넷에 광고를 도배하고도 자그마치 열흘 만에 받은 의뢰였다. 개나 고양이를 찾아달라고 해도 달려갈 판인데, 진짜 의뢰를 포기하다니 말도 안 된다. 어떻게든 가서 첫 번째 의뢰를 해결하고 말 것이다.

다짐하는 강유진의 눈에서 파란 불꽃이 튀었다.

*　　*　　*

10월 넷째 주 일요일 오후 1시.

대전시청역 앞 통큰도너츠에 이십 대 중반의 아가씨가 들어섰다. 국립과학기술대학원 산하 나노융합연구소의 연구원 임지연이다. 165센티미터의 키에 긴 생머리를 단정하게 묶고 나타난 이지적인 임지연의 모습은 단연 발군이었다. 그런 임지연을 한 번이라도 더 보기 위해 괜한 목운동까지 하는 손님들도 있을 정도다.

임지연은 손목시계를 한 번 더 내려다보고는 입술을 질끈 깨물었다.

1시에 만나기로 했는데, 아직 카론이라는 아이디의 남자는 오지 않은 듯했다.

'괜히 나왔나?'

자주 다니던 웹사이트 게시판에서 아케론닷컴의 소개 글을 보게 된 건 순전히 우연이었다. 호기심과 불안이 뒤죽박죽된 상태에서 아케론닷컴을 검색창에 치고 들어갔다. 달랑 하나 있는 임파서블 미션 게시판을 봤을 때 왠지 이단 헌트(미션 임파서블의 주인공)가 떠올랐다.

그래서 앞뒤 생각 없이 글을 남겼는데, 진짜로 전화가 왔다.

얼떨결에 만나서 상담을 받기로 했다. 시간과 장소를 정하고 다시 접속해서 공지까지 읽었다. 그제야 홈페이지가 좀 이상하다는 것을 느꼈다.

문득 임지연이 프린트를 꺼내들었다.

혹시라도 상대가 다른 말을 할까 봐 임파서블 미션의 공지를 출력해서 들고 나온 것이다.

불가능한 일을 속 시원히 해결해 드립니다. 단 인류의 안녕과 번영을 해치지 않는 것이어야 합니다. 성공 시에 의뢰인의 형편을 고려하여 적절한 소요경비를 청구하겠습니다. 의뢰 글에는 [의뢰]라는 머릿말을 달아주세요. 본 게시판의 광고와 장난 글은 확인 즉시 삭제합니다. 카론.

불가능한 일을 속 시원히 해결해 드린단다. 첫 문장의 지나친 과장이 눈에 거슬린다. 어디 그뿐이랴! 인류의 안녕과 번영이라는 허망한 구호들을 보고 있자니 쓴웃음만 나온다. 이런 사람이 청구할 적절한 소요경비는 안 봐도 비디오다. 생각만 해도 소름이 돋았다.

'아휴, 그냥 가는 게 낫겠어…….'

임지연은 빈자리를 찾아 앉으려다가 돌아섰다.

이런 공지를 올린 사람의 정신세계는 절대 평범할 리가 없다는 생각에서다. 일단 마음을 바꾸니 카론이라는 운영자와 만나는 것조차 꺼려졌다.

임지연이 서둘러 나가려는 순간이다.

가게의 문이 열리며 한 젊은 남자가 허둥지둥 들어왔다.

"카론 님?"

임지연은 저도 모르게 중얼거렸다.

어쩌면 젊은 남자의 선한 인상에 경계심이 누그러졌을 수도 있다. 그게 아니라면 아무라도 잡고 매달릴 정도로 어려운 상황이었거나, 멀리 서울에서 대전까지 내려왔을 젊은 남자를 바람맞히는 게 미안해서일 수도 있다.

중요한 건, 그냥 나갈 수도 있었던 임지연의 입에서 카론의 이름이 흘러나왔다는 것이다.

손바닥으로 이마의 땀을 훔쳐내던 강유진이 반사적으로 대답했다.

"헉, 헉, 예, 카론입니다. 임지연 씨 맞나요?"

"네, 제가 임지연이에요."

근처의 손님들이 두 사람의 괴상한 인사에 힐끔힐끔 쳐다봤다.

강유진과 임지연은 구석의 빈자리로 자리를 옮겼다.

아케론닷컴의 마스터 카론과 관리자가 될 샤이니의 첫 만남은 그렇게 시작되었다.

〈2권에서 계속〉

天風傳說
천풍전설
장담 신무협 장편소설
ORIENTAL FANTASYSTORY & ADVENTURE
『쌍룡기』, 『암천제』에 이은 장담의 강호이야기
하늘의 바람이 머무는 그곳. 『천풍전설』!
사형의 죽음, 비밀임무, 구룡회의 몰살.
피의 각축장으로 변한 강호에 천풍이 불어온다!
dream books
드림북스

천극의 서
2010년 무협계가 주목한 작가
권인호 신무협 장편소설
天極之書
권인호 신무협 장편소설
일류가 삼류에게 패하는 강호 초유의 사태.
모든 것은 한 소년이 쓴 무공서에서 시작됐다!
재미 삼아 쓴 23권의 얼치기 무공서.
세상에 나타나자마자 천하 무림에 파란을 일으키다!
드림